CAPÍTULO I

El cielo retumbó ligeramente, como con desgana. Casi parecía que le hubieran ordenado ponerse tormentoso pero que no estuviera muy por la labor.

Yo estaba en la cocina, ya vestido y preparado para salir, pero terminando de desayunar. La casa estaba en silencio y el tráfico que se vislumbraba desde la ventana no parecía especialmente denso. La perspectiva de un poco de lluvia no me disgustaba, ya que mi ropa suscitaría menos comentarios en la oficina.

El café seguía estando demasiado caliente, lo que me permitía seguir observando el lento despertar de la ciudad. El cielo grisáceo y denso volvió a emitir uno de sus largos truenos desganados, reflejando punto por punto mi estado de ánimo.

Justo ese día estaba de aniversario. Lo sé porque la única manera de acallar la alarma del móvil es metiendo mi código de desbloqueo, justo debajo de la fecha y hora, y alguna de las dos neuronas que están de guardia a la hora infame a la que me levanto decidieron registrarlo. El por qué mi cerebro decide recordármelo justo al terminar el desayuno te lo dejo a ti para que me lo expliques.

Un fogonazo de luz alumbró por un instante la cocina en penumbra, seguido de lo que sonó como un enorme puente de madera derrumbándose. Estaba claro que por fin alguien había sacado la mala leche y ahora el cielo estaba abriéndose como dios manda. Mirar mi reloj, maldecir, apurar el café y quemarme la lengua fue todo uno.

Me lavé los dientes a la vez que recorría la casa buscando un paraguas decente, o al menos uno que me diera alguna esperanza de llegar seco al trabajo. Fuera el viento soplaba de manera continua, y la capa de nubes se había vuelto más densa y oscura.

Encontré un paraguas extensible, de publicidad, y lo seleccioné como fiel aliado, a falta de otros voluntarios. Con éste bajo el brazo pasé de nuevo por la cocina a recoger la bolsa de la comida, y rápidamente agarré las llaves, la cartera y la chaqueta.

Salí toda prisa por la puerta, marcando mi huida con un sonoro portazo. Juan Luis, mi compañero de piso, me la tendría guardada a la vuelta.

Fuera, el día invitaba a volver a casa, ponerme el pijama y acurrucarme de nuevo bajo el edredón. Las rachas de viento y el mal humor de los viandantes con los que me cruzaba me sugerían mediados de noviembre más que finales de la peculiar primavera en que nos encontrábamos.

Apreté el paso subiéndome el cuello de la chaqueta y aferrando el paraguas, pidiéndole a todo dios ignorado que no cayera la mundial aún. La parada del tranvía, con su sólida marquesina, se situaba a muy pocos pasos. El pequeño andén estaba abarrotado de señores trajeados con gabardina y elegantes ejecutivas con el pelo alborotado por el viento y cara de fastidio.

No me dio tiempo a buscar un lugar más o menos cómodo antes de que apareciera mi tranvía, el número 37 dirección Paradores. Dobló la curva rechinando y se detuvo suavemente delante de la multitud, impertérrito ante el cielo amenazante. Esperé a que subiera la masa histérica con destino al distrito financiero, validando con calma mi pase al embarcar. El 37 me conectaba con el curro en tres breves paradas, librándome de la preocupación de encontrar asiento.

Mientras el convoy se ponía rápidamente en marcha, me situé pegado a uno de los grandes ventanales del primer vagón.

La masa informe de trajes y faldas de tubo revisaba con ansia móviles, agendas electrónicas y tablets como si estuvieran dirigiendo el país telemáticamente; yo por mi parte me dejé llevar en uno de mis raros momentos de sosiego. La línea 37 recorre casi toda la Avenida Áulica para luego meterse por los alrededores del parque Luque, un barrio tranquilo y residencial.

Si no eres de por aquí entiendo que todo esto te resbala bastante, pero siento informarte de que solo estoy empezando. Recorrer la Áulica supone ver pasar todo tipo de maravillas del gran desarrollo urbanístico que la ciudad experimentó a lo largo del siglo pasado. Mientras el tranvía traqueteaba por el centro del bulevar, dejando atrás a los cientos de frustrados automovilistas, el paisaje me contaba una historia, una historia sobre la evolución de la sociedad, del crecimiento de esta ciudad. Por si no lo sabías, un edificio tiene una historia propia de por sí, que se sustenta y enriquece con la de los que le rodean.

El Museo Ronzales se alzaba imponente, expresando la pureza de civilizaciones pasadas con rigor científico; seguidamente desfilaban una serie de palacios rehabilitados que buscaban imitar su gran presencia. Casi sin dar tiempo a asimilar, el tranvía se detuvo en la explanada frente a Moreras Central, la gran estación de ferrocarril de la ciudad. Estoy seguro de que las sublimes arcadas de acero y vidrio hacían que los viajeros de entonces sintieran lo que hoy día nos transmiten los aeropuertos: aventura, el salto a lo desconocido. Este pensamiento me distrajo fugazmente mientras varios viajeros se apresuraban a bordo. El tranvía reanudó la marcha sin recrearse, recuperando la narración de la historia. Pequeñas gotas comenzaron a echar carreras sobre las ventanillas.

En escena aparecieron teatros y viviendas de muy marcado modernismo, rompiendo casi con provocación las firmes líneas y rectas vigas de la escena previa. La fluidez de arcos y ventanas, el modo en que los pórticos se confunden con ramas de un frondoso roble casi parece reírse de la propia rigidez.

Sí, seguramente estarás pensando que tengo un grave problema, viendo cómo le otorgo personalidades a bloques de pisos, o que tengo un rollo sexual raro con el hormigón armado. ¿Pues sabes qué? Me la pela. Una de las pocas cosas de las que estoy seguro en esta vida es de hacia dónde quiero dirigirme. La arquitectura me cautivó desde bien pequeño, y te aseguro que representa lo que pasa en las calles mucho más de lo que cualquier partido político pueda venderte.

La mejor parte, como casi siempre, llega hacia el final. En un día claro se verían las siluetas de los rascacielos del distrito financiero, orgullosos, proporcionados y simétricos. Pocos de ellos son recientes, ya que el distrito hace tiempo que no recibe inversión. Por un lado, eso que nos ahorrábamos; los monumentales y aerodinámicos colosos no necesitaban otro armatoste con aires de vanguardia que afeara la ya malograda foto.

Cuando ya estaba cerca de vislumbrarlos con detalle, el tranvía tomó entre chirridos la por desgracia familiar curva de la calle Tar. En la siguiente parada sólo subieron dos personas, ambas sacudiéndose el exceso de agua de chaquetas y paraguas. Los altivos rascacielos, en ese día tormentoso, no llegaron a ser más que grandes manchones oscuros, borrosos a través del ventanal empañado del tranvía. La lluvia golpeaba con fuerza los cristales, iluminados a intervalos por relámpagos.

Alguien me agarró del hombro con un gesto que quizá entre dinosaurios se consideraría amistoso.

– Macho, qué manera de quedarte embobado delante del cristal. A saber en qué estabas pensando...

Mierda. Con M de Mario.

Mario y yo trabajábamos en la misma empresa, aunque me atrevo a decir sin miedo que a niveles completamente distintos. Si le preguntas, él te diría que es el coordinador del personal auxiliar de sala o algo similar; de lo que realmente se encargaba era de preparar las salas de reuniones, retirándose después discretamente a la pequeña cocina de la planta baja.

Allí esperaba órdenes de servir café o aperitivos, lo que al cliente se le antojara, que luego llevaban unas chicas a su cargo hasta la sala. Era tan grande como bonachón y descuidado, del tipo de persona que no tiene registros ni sabe medir su fuerza.

Mario no era mal tío, pero nunca le aguanté. En una de las pocas reuniones con cliente a las que me llevaron al principio, el pobre estaba desbordado. Ese día debió faltar alguna de las chicas, porque vino él mismo con el carrito a la sala, resoplando y sudando a mares. El cliente puso tal cara de disgusto que me levanté y serví yo mismo los cafés, diciéndole con la mirada que era mejor que volviera a su puesto. Al parecer, esto lo interpretó como un gesto amable y desde entonces siempre me saluda y me pregunta que qué tal voy. En fin.

- No creo que haya ninguna chica desnuda por la calle, cabrón. Y menos con la que está cayendo – dijo mientras me daba una palmada en el hombro. Se situó a mi lado y se apoyó en el cristal, limpiando sin darse cuenta la condensación con su impermeable. Forcé una expresión neutra y me resigné a hacer el resto del trayecto con él.

- Mario, vaya susto me has dado. Nada, estoy medio dormido aún y me has pillado en mi mundo. ¿Hay mucho jaleo de visitas hoy?

Me empieza a soltar la perorata de todo lo que tiene que preparar para hoy, aunque yo sé que no deben ser más de dos reuniones. Finjo prestarle atención mientras compruebo el paraguas y me cierro la chaqueta, ya que en breve llegaríamos a nuestra parada. Al situarnos delante de la puerta de salida, vuelvo a sintonizar.

- Y claro, esa gente no se anda con chiquitas. El té verde que pidieron la última vez me sonó a marca de insecticida, no sabía ni cómo pronunciarlo cuando bajé echando leches a pedirlo en la tienda. Y uno de ellos, el de la cara de pasa, parecía que tuviera un palo metido por la retaguardia. Total, que mezclé todos los tipos de té suelto que teníamos en la cocina y...

- Perdona Mario, que estaba pensando en otra cosa. ¿De quién me estás hablando? - dije mientras nos agarrábamos a los asideros superiores.

- Tronco, otra vez en las nubes. No sé quién es ella, pero te tiene bien agarrao, ¿eh?

Echó la cabeza hacia atrás, soltando una risotada que provocó que varios pasajeros volvieran la cabeza un momento.

- Te decía que los de los hoteles, los que vinieron hace meses, son unos estirados del copón. Y que vuelven hoy en una reunión extraordinaria que ha convocado Rai, pero que no sé cómo voy a atender, viendo cómo se las gastan con sus bebidas cursis. Y que...

- Espera, espera un momento. ¿Los de los hoteles Weiss? ¿Vuelven hoy? – interrumpí, sorprendido.

- Vaya, ¿no te ha dicho nada el jefazo? Sí, creo que están para las doce o así. Aunque no sé cómo van a llegar, con la que tenemos encima - dijo mientras intentaba mirar a través de las ventanillas empañadas. El tranvía comenzó a aminorar la velocidad, llegando por fin a nuestra parada.

– No, no tenía ni idea. Pensaba que ese proyecto estaba ya muerto, pero bueno. Espero que no nos den mucha guerra - respondí, asimilando la información. El tranvía se detuvo con una leve sacudida.

Mario se cerró la capucha del impermeable naranja, adoptando aspecto de enorme boya submarina. Me hizo una mueca de resignación mientras se abrían las puertas, revelando las ganas con las que caía el agua.

– Te veo dentro, tronco, que no llevo paraguas y si no corro voy a llegar hecho una sopa. Luego a la vuelta comentamos la jugada, ¿vale? – Como si mi paraguas de publicidad me fuera a dar alguna opción.

Le sonreí sin decirle que intentaría evitar cruzármelo durante el día, aliviado de que se marchara. Mientras abría el paraguas vi cómo se alejaba raudo desde la marquesina de la parada, a la vez que el tranvía tomaba velocidad y se perdía de vista.

La zona en la que está el estudio es de lo más inesperada. El barrio de Luque, nombre que da lugar al conocido parque de la ciudad, es una zona residencial de bloques de viviendas señoriales. Fue parte de un diseño urbanístico de mediados del siglo XIX, enfocado sobre todo a clases adineradas. Los edificios no tienen más de cinco alturas y suelen estar rodeados de jardín, quitando alguna que otra aberración inmobiliaria que trajeron los años de bonanza. El barrio está casi completamente intacto respecto al diseño original.

Apenas había tráfico y sólo se oía el sonido de la lluvia al caer. Olía a agua y a tierra mojada, y el pavimento estaba salpicado de hojas caídas

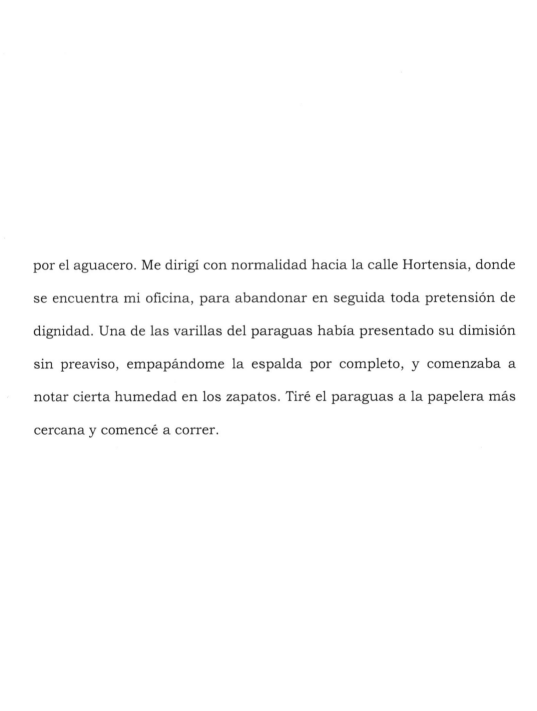

por el aguacero. Me dirigí con normalidad hacia la calle Hortensia, donde se encuentra mi oficina, para abandonar en seguida toda pretensión de dignidad. Una de las varillas del paraguas había presentado su dimisión sin preaviso, empapándome la espalda por completo, y comenzaba a notar cierta humedad en los zapatos. Tiré el paraguas a la papelera más cercana y comencé a correr.

CAPÍTULO II

No fueron más de ciento cincuenta metros corriendo bajo la lluvia, pero suficientes para que pareciera que me habían tirado un cubo por encima. Los zapatos estaban inundados, el pantalón con regueros marcados que venían de la chaqueta. El pelo se me pegaba a la frente, eliminando todo rastro de aseo y presencia. Lo único que parecía estar medio presentable era la camisa, salvada por sacrificio de la chaqueta.

Las puertas de cristal se abrieron automáticamente, franqueándome la entrada al amplio vestíbulo. Eran las ocho menos veinte de la mañana.

Ese acuoso día cumplía un año. Un año realizando ese mismo trayecto, doblando esa misma esquina tras bajar del tranvía, recorriendo el sinuoso camino que llevaba desde la acera hasta la puerta principal del estudio. Un año aguantando.

A falta de un par de asignaturas para terminar la carrera, decidí intentar meter la cabeza en el mundo profesional. La cosa no pintaba muy allá, pero me aventuré a probar suerte. La oficina de prácticas externas de mi universidad, la UTN (Universidad Técnica Nacional), era un chiste burocrático; resolví echar libremente y ofrecerme como carne de convenio a los estudios que se me antojaran. Muchos de mis amigos me dijeron que adelante, que los tenía cuadraos y demás.

Como se veía venir, todos los grandes estudios y constructoras no cogían a nadie. No tenían ni ganas para explotar a un becario; el reventón de la coyuntura económica había dejado el sector hecho unos zorros, provocando despidos masivos y cierre de filas. Bueno, había que intentarlo.

Al principio no le di importancia; estaba más centrado en cerrar la licenciatura que en ver si me seleccionaban en algún lado. Los meses pasaban, acercando mi graduación poco a poco, haciéndome buscar con cada vez más pánico. Rehíce mi currículum, dándole un aspecto más corporativo, y utilicé todos los eufemismos que conocía para sacar méritos de cualquier currillo de verano que hubiera pasado por mis manos.

También engrandecí mi portfolio, listando todos los proyectos que hice durante la carrera, e incluí como logros propios cada concurso de diseño en el que participé. La asociación de alumnos de la facultad sacaba de vez en cuando un concurso de diseño para todos los estudiantes; había que hacer planos y maqueta final. Las veces que jugué hubo que diseñar un parque urbano, una terminal de autobuses y un auditorio. No gané ninguno, pero me lo pasé genial durante todo el proceso. En uno de esos concursos conocí a mi antigua novia. Si lees esto, Laura, quiero que sepas que siento mucho todo lo ocurrido y que te querré siempre, a pesar de que me la pegaras con Iván.

Total, que me vendí de la mejor manera posible y bajé un poco el listón. Era normal que no encontrara mi trabajo soñado a la primera. Busqué de manera obsesiva, elaborando una lista de todas las firmas de diseño remotamente relacionadas con la arquitectura.

No voy a aburrirte con los detalles; basta mencionar que me presenté con mis mejores intenciones en despachos de segunda, poniendo buena cara ante condiciones esclávicas (si me permites el término inventado); se apelaba siempre a "todo lo que iba a aprender" para justificar jornadas completas con un salario inexistente. Con gracia y nervio dejé pasar dos contrataciones, asqueado ante la perspectiva de trabajar allí.

Estaba cerca de perder la razón cuando me llamaron de Sovereign. La ansiedad me consumía, pues ya sólo me quedaba el proyecto final para terminar y llevaba casi un año buscando unas míseras prácticas. Algunos de mis compañeros, viendo el panorama, decidieron seguir y doctorarse. Unos años más de lo mismo, en caso de que algún departamento oyera sus súplicas.

La llamada me pilló una mañana gloriosa, tras una noche de hora u hora y media de sueño reparador. No reconocí el número en la pantalla y lo cogí sin pensar, tratando de apartar los nubarrones negativos de mi mente. La cabeza se me despejó de golpe cuando una voz melosa me informó de que llamaba desde Sovereign Architecture, en relación a la candidatura para el puesto de becario en el departamento de Desarrollo Técnico de Proyectos.

Con seguridad que no sentía, afirmé conocer levemente la firma ésa de la que me hablaban (por supuesto, ni puta idea). Vendí mis pinitos en la carrera como hazañas nominables al premio Pritzker; me quedé sin abuela. La voz al otro lado de la línea se reía y me invitaba a seguir; no sabía si realmente estaba tragándose todo aquello o se lo estaba pasando en grande a mi costa. Finalmente colgamos, con vagas referencias a una futura llamada en caso de haber pasado esta primera fase por su parte y una despedida pelota por la mía. Me quedé mirando el teléfono con una mezcla de ilusión y vergüenza por tanta hipérbole.

Inmediatamente me conecté para buscar en qué jardín me había metido. La página web de Sovereign no estaba de las primeras, ni buscándola directamente, pero daba gusto navegar por ella. Tenía como temas principales colores mate que se entrelazaban de manera elegante con el logotipo, invitando al usuario a entrar. Era una web muy moderna, simple y accesible. Olía a dinero de lejos.

Estuve un buen rato curioseando. Descubrí que Sovereign estaba íntimamente ligada a la historia de la ciudad, ya que se fundó para ejecutar el famoso Plan Urbanístico Municipal; gracias a éste, la ciudad pasó de ser un enclave industrial a la vibrante metrópolis que es hoy día. Claro que por entonces no existía el opulento nombre de Sovereign Architecture, sino algo más modesto llamado Soberano Arquitectos, en nombre del principal socio e impulsor Fausto Soberano. Supuse que alguna mente brillante decidió dar un glamuroso e internacional giro a la firma y salió con el ingenioso nombrecito. Así iba el país.

El Plan incluía eliminar fábricas de los alrededores del centro y dar más importancia a los parques moribundos, pero lo que más ayudó a la ciudad fue la creación de Áulica y Céreo, las dos grandes avenidas que confluyen en la Plaza Imperio. La empresa, parcialmente pública en sus inicios, había contribuido a que hubiera una línea de continuidad en la historia arquitectónica de la metrópoli; ésa que me embelesaba cada mañana. La ansiedad empezó a evaporarse, reemplazándose por algo calentito y agradable: ilusión.

Huelga decir que estuve pegado a mi móvil durante los dos días siguientes. Me bebí la historia completa de la empresa, su trayectoria, su portfolio y sus dimensiones. La última actualización mostraba una facturación de dos millones de euros anuales y una plantilla de sesenta y dos personas, con sede ubicada en el barrio de Luque. Un emplazamiento original: pensaba que las oficinas estarían en uno de los rascacielos del distrito financiero, como me tenían acostumbrado las grandes firmas.

El portfolio, sin embargo, dejaba bastante que desear. El servidor debía estar mal dimensionado, ya que costó que la página cargara, pero a trompicones conseguí entrar. Se recreaba enormemente en el grandioso pasado, dando todo lujo de detalles sobre los nuevos horizontes que se abrieron; el Plan Urbanístico por supuesto, la remodelación de la histórica Casa de la Ópera o la construcción del icónico Grand Hotel Graham. El señor Soberano influyó en el paisaje del centro con aportaciones puntuales pero de renombre, como los modernistas templetes de acceso a la red de metro o la rehabilitación de la fachada y escalinata del antiguo Casino Deleite.

También había algún proyecto reciente, con enormes y nítidas fotografías que destacaban el diseño vanguardista de urbanizaciones y modernos edificios de viviendas, aunque no precisaba mucho más. Descubrí también que se habían encargado de diseñar el área de duty-free de varios aeropuertos menores. En general, me llevé muy buena impresión de lo que me podía aguardar.

CAPÍTULO III

El vestíbulo era muy amplio, y estaba diseñado para que la luz diurna diera una gran sensación de espacio y tranquilidad. Ese no era el caso en aquel momento, con el cielo clausurado y las cortinas de agua que el viento arrastraba. Por los ventanales, que normalmente daban una panorámica del frondoso jardín, se mostraba el interior de una cascada.

Las puertas automáticas se cerraron detrás de mí sigilosamente, amortiguando el sonido del aguacero. Me sacudí el pelo un poco y me quité enseguida la chaqueta empapada, alejándola de mí como si fuera algo hediondo. El frente de la camisa parecía intacto, y los laterales del pantalón también. En cuanto al resto, creo que puedes imaginártelo.

Me dirigí en línea recta hacia el mostrador de recepción, ignorando la exposición de fotos y maquetas de los logros de la firma. Bueno, en línea recta pero bordeando el estanque situado en medio del espacio, completo con nenúfares y pequeños peces koi. El propósito de su presencia, además del consabido postureo, era seducir al cliente con grandes promesas mientras esperaba a ser atendido. Otra idea genial de ésas.

La estancia estaba pensada para extender la sensación de espacio y libertad, con un suelo de tarima alfombrado; era completamente diáfana y todas las paredes exteriores eran grandes ventanales. Se había jugado con diferentes tonos de verde y tierra, engañando la percepción para que los sofás y mesitas distribuidos parecieran vegetación. La atención fluía inevitablemente hacia el centro de la recepción, donde una gran columna central contenía dos ascensores y unos aseos para las visitas.

Era muy consciente del "splotch" que hacían mis pies a cada paso. Vale, seguramente no lo hacían, pero la humedad que notaba en los calcetines y mi cerebro se sincronizaron para crear esa banda sonora ficticia. Isabel, la recepcionista, levantó la cabeza, vio la estampa y trató de aguantarse la risa.

Isabel tendría por entonces unos cincuenta años y llevaba más o menos como yo en la compañía. Psicóloga de profesión, había formado parte del recorte de plantilla de una gran agencia de captación de talento. Tras cierto tiempo buscando en sectores cada vez más alejados de lo suyo, se había resignado a aceptar el puesto de recepcionista/secretaria de Sovereign. El alivio de volver al mundo laboral debió ser muy grande, porque nunca le faltaban sonrisas cálidas para todo el mundo.

- Acaba de entrar la reina de los mares - dijo entre risas. Nunca entendía mucho sus chistes, pero me reí igualmente.

- Iba a describirte la ingente cantidad de agua que está cayendo, pero he preferido traértela para que la veas – dije con cara de resignación mientras hacía una pantomima de escurrirme la camisa.

La reacción fue otra cadena de risas, las cuales hicieron que sus auriculares conectados a la centralita temblaran. Me fijé en que ese día llevaba moño, traje de chaqueta y zapato formal, cuando casi siempre se salía con la suya de trabajar en deportivas.

– Oye, Isa, hay que ver lo elegante que te has puesto. ¿Tienes hoy algo al salir?

Antes de que me pudiera contestar, comenzó a sonar el teléfono. Isa me miró con cara de circunstancias y contestó. Aunque aún estaba alejada la hora de apertura, había clientes que podían llamar desde Asia, donde existía algún proyecto en desarrollo.

Antes de que pudiera irme, me hizo un gesto para que esperara un segundo y abrió un cajón invisible de su mesa. Me lanzó un bulto blanco, que agarré al vuelo: una toalla enrollada. Miré con gratitud a Isa, quien me guiñó un ojo y se giró hacia su pantalla, atendiendo la llamada.

Algo más tranquilo, me metí en los aseos de la planta baja y evalué los daños frente al espejo. El pelo me lo podría secar tranquilamente, al igual que los pantalones y la parte de atrás de la camisa. Lo más irreparable era lo de los zapatos, pero ya me las apañaría.

La puerta no tenía pestillo, pero no me preocupaba. El horario de atención comenzaba a las ocho y media y nadie solía llegar antes de las nueve largas. Me quité los pantalones y los puse bajo el chorro de aire caliente del secamanos, a la vez que me acercaba con la camisa. Antes había escurrido la chaqueta sobre el lavabo, logrando que al menos dejara de gotear. Estuve unos buenos diez minutos recomponiéndome.

Me sentía nuevo al salir. Fuera seguía lloviendo y el día estaba oscuro, pero yo ya no era una sopa andante. Isa comenzó a aplaudir en cuanto me vio. Estaba claro que no se había fijado en los zapatos.

- Bueno bueno, estás cinco minutos más y me sales con esmoquin y todo. Nada que ver con tu llegada triunfal – dijo sonriendo.
- Ya ves, menos mal. ¿Me vas a decir ya quién te ha puesto una pistola en la sien para que te pusieras tacones?

Isa hizo un mohín coqueto.

- ¿Qué pasa, que una no puede arreglarse un poco de vez en cuando sin motivo?
- Vale, ¿a qué hora vienen y cómo de importantes son? - dije con no muy fingida exasperación.

Isa se volvió a reír. A ver si me soltaba la información pronto para poder llegar a mi mesa de una vez, que ya me estaba hartando.

- Vale, ya dejo de vacilarte. A la una y media vienen los de Weiss.
- ¿Y cómo es eso? Arriba no nos han dicho nada. O bueno, a mí no me han dicho nada – dije con cierta presión en el pecho.
- Ni idea. Lo único que te puedo decir es que Rai nos mandó un correo a Mario y a mí con la hora de llegada y con cómo quieren que los recibamos. Estarán en la sala Graham, y tendrán trato especial – arqueó las cejas con sarcasmo. "Trato especial" significaba que les harían esperar porque sí, a modo de indicación de que estábamos muy ocupados en la firma. Ojalá.

Iba a seguir con mis preguntas, pero en ese momento el teléfono volvió a sonar. Isa señaló los auriculares con los ojos y se volvió hacia su pantalla.

Me hizo una seña con la mano, levantando el pulgar, para desearme un buen día. Sonreí y me dirigí hacia el ascensor.

La gran columna central daba sustento a todo el edificio, además de alojar el ascensor. Las escaleras desembocaban en la parte más panorámica de cada planta, abriéndose a los ventanales del jardín. El ascensor era para empleados, discreto, con un lector de huella para fichar, situado donde suele estar el botón de llamada. Pasé mi pulgar y una campanilla digital me franqueó el paso. Lo bueno de llegar tan pronto es que el lector aún no estaba lleno de roña, con los dedazos de todo el mundo.

Entré en el ascensor y marqué el quinto piso. Mi puesto estaba situado en la última planta, junto a la dirección estratégica y administrativa, por desgracia. Mientras se cerraban las puertas y comenzaba a subir, me puse a reflexionar sobre todo lo que había escuchado.

Los hoteles Weiss, una cadena de lujo de origen austríaco, estaban buscando la forma que tendrían sus nuevos resorts de costa; suponía ingresar en un mercado nuevo para ellos, ya que siempre se habían dedicado más a la hostelería de ciudad. Casi nueve meses atrás habían contactado con Sovereign para una propuesta de diseño. Ésta causó el mismo revuelo que agitar un gallinero; la gran mayoría de la fuerza de trabajo se desvió a tomar requisitos y a trazar bocetos con las ideas.

Fue el primer proyecto en que decidieron implicarme de manera más seria, aunque fuera únicamente en la toma de requisitos. Weiss quería una línea de tres resorts en distintos puntos de Europa, todos integrados en el paisaje y con no más de tres alturas. Querían gran protagonismo del mar, la naturaleza y la luz, además de una buena provisión de lujo.

Aunque no me dejaron tocar mucho, fue interesante ver el tira y afloja de un primer contacto con el cliente. Los austríacos tenían claro punto por punto todo lo que necesitaban, aunque quizá quisieran tener demasiado control sobre cada aspecto del proyecto. Rai no hizo mucho más que decir a todo que sí, aunque por una vez lideró bastante bien. Estábamos todos contentos con el resultado, pero jamás volvimos a saber de Weiss. Se contactó con ellos al poco tiempo, recibiendo una respuesta neutra y desganada. Desde Generación de Negocio se cambió el estatus del proyecto de "potencial" a "caído", causando un gran desconcierto. Rai se volcó entonces en sacar pegas a nuestro trabajo, dando rienda suelta a su frustración, aunque bajo mi inexperto punto de vista poco más se podría haber hecho.

Y sin embargo, aquí estaban meses después. No entendía nada, pero así era. Al menos Rai estaría contento otra vez.

El indicador situado sobre las puertas del ascensor marcó mi paso por el segundo piso. En esa planta se situaban las salas de reuniones de la empresa, cada una nombrada con un hito de la firma. Por lo tanto, cuando a uno le indicaban que fuera a la sala Áulica no sabía dónde ir sin torpear al menos un par de minutos.

• • •

Mi entrevista tuvo lugar en la sala Forcade, nombre la localidad donde se construyó una exclusiva urbanización de veraneo. Era una sala pequeña, para reuniones de departamento.

El encuentro se dividió en dos fases; primero con Miriam, la voz melosa que me había contactado por teléfono, y después con mi futuro jefe.

Miriam, de Recursos Humanos, era muy agradable. Me hizo muchas preguntas, algunas con trampa, pero nada que me asustara; ventajas de haber pasado por varios procesos de selección. Sospechaba que el tono de voz que ponía era algún tipo de estrategia psicológica, ya que a veces parecía que se le iba un poco. La evaluación inicial debió ser satisfactoria; al poco tiempo me dijo que esperara, que iba a buscar a mi responsable técnico. La cosa se ponía seria.

En aquel momento recuerdo estar muy nervioso. Me había quedado muy impresionado con la trayectoria de la firma, y la sede me había dejado loco. Era, a pequeña escala, todo lo que yo quería: diseño y vanguardia en un prestigioso estudio. Sólo el caché que le daría a mi currículum lo convertía en una oportunidad insuperable. Intenté calmarme respirando, ya que el corazón se me había acelerado un poco. Sólo un poco.

Estaba tan concentrado en relajarme que di un respingo cuando Miriam y el jefe entraron de nuevo. Miriam creo que no se dio cuenta o hizo que no se dio cuenta, pero el hombre sí traía cierta sombra socarrona en la mirada. Miriam le presentó.

- Alejandro, te presento a Raimundo Soberano, socio e impulsor de la firma.

Me levanté para estrecharle la mano; tenía un apretón muy flojo, que casi ni se notaba. Sin embargo, él se empeñaba en invadir el resto de sentidos. Alto, cerca de la cincuentena y con un pelo moreno teñido que estaba estructuralmente diseñado para optimizar la cubierta del cartón, parecía que se hubiera bañado en colonia. Y yo que pensaba que esa característica estaba reservada para señoras de cierta edad... Vivir para ver.

Durante un instante, me miró fijamente a los ojos de un modo muy intimidante, casi rayando en lo absurdo. Miriam me indicó que al terminar volvería para acompañarme a la salida y se fue, cerrando tras de sí la puerta de cristal.

Raimundo se sentó ruidosamente al otro lado de la mesa. Me fijé en tres cosas: en sus horteras pero seguramente caros mocasines, en los pantalones paqueteros de diseño y en la camisa que llevaba, que no le hacía exactamente bien a su moreno artificial. Cogió mi currículum, el cual Miriam había dejado bien colocado en la mesa. Lo ojeó sin mucho entusiasmo y lo dejó otra vez. Sólo oía mis latidos y la respiración de Raimundo.

- Así que a punto de acabar la licenciatura, ¿eh? - dijo, rompiendo el incómodo silencio.
- Sí, a falta del proyecto final. Estoy trabajando para tenerlo listo en la convocatoria de febrero – dije, deseoso de que la cosa se animara un

poco. Tenía ganas de que la conversación se moviera hacia la trayectoria de la firma y dejar caer casualmente mi admiración.

— ¿Y de qué estás haciendo tu proyecto?

— Bien, pues tras mucho pensarlo decidí idear un nuevo concepto de la cúpula central del...

— ¿Y crees que eso te ayudará aquí? - interrumpió súbitamente, mirándome. Estaba recostado en la silla, con las piernas cruzadas.

— Bueno, no sé exactamente qué tareas se me asignarían en Desarrollo Técnico de Proyectos, pero teniendo en cuenta las habili...

— Te seré sincero, chaval – volvió a interrumpir – No tengo muchas ganas de seguir con esto, ya que todos me decís lo mismo. Tengo en mi mesa un montón de currículums de chicos en tu caso, y ni tiempo ni ganas de atenderlos todos. Miriam es una gran trabajadora, pero tiene el filtro poco fino. Así que iré al grano. ¿Por qué he de contratarte a ti y no a cualquier otro?

Ya me estaba tocando los cojones. Mantuve la cara neutra, mientras por dentro me ardían las interrupciones, el "chaval" y el "chico". Deseché las dos primeras respuestas que me vinieron a la cabeza, optando por defender el fuerte hasta el final.

— Puedo aportar, aunque suene a cliché, muchas ganas de trabajar y de aprender. Considero que este puesto significa una gran opor...

— De acuerdo, me parece que hemos terminado - interrumpió de nuevo. Sacó su móvil y siguió hablando mientras lo consultaba - Gracias por venir y el interés. Saliendo a la izquierda tienes a Miriam esperándote; eso sí, te aconsejo que para tu próxim...

— Si me permites, Raimundo - dije, levantando la voz.

Estaba hasta la polla del manofloja éste. Raimundo levantó la vista del teléfono, con una mezcla de sorpresa y enfado en la cara.

— Te diré que tienes las siguientes opciones. Puedes decidir que soy otro memo de ésos suplicando por un primer empleo y seguir buscando un becario no respondón que explotar, o bien cogerme a mí. Como te decía, pocas personas vas a encontrar como yo. No sólo porque me lo curro y saco el trabajo adelante, sino porque tengo vocación. La arquitectura es mi vida, lo que me trajo hasta aquí. Esta firma es básicamente el manual con el que se construyó esta ciudad, y me gustaría mucho poder formar parte de ella. Todo esto, que te puede parecer poco más que palabrería, significa que tengo ganas y hambre. Que voy a aceptar condiciones de las que otros se reirían porque me gusta, porque es a lo que me quiero dedicar. Que te voy salir muy bien, vamos. Esas son las razones por las que creo que me tienes que contratar a mí y no a cualquier otro.

Decidí cortar ahí, porque sabía que había reventado con creces el límite de la cordialidad.

La sala volvió a quedar en silencio. Raimundo se había quedado muy serio mirándome, mientras yo me arrepentía por dentro de la salida de tono (aunque me había quedado a gusto, la verdad). De lo siguiente no recuerdo mucho, más allá de la enorme urgencia por salir de allí. Sé que

Rai me dijo si tenía alguna pregunta, y le dije (con todos mis huevos) que si avisaban en todo caso, es decir, tanto si me habían seleccionado como si no. Me dijo que sí, que sin problema. Le estreché la mano y le deseé un buen día, cerrando tras de mí. No me atreví a volver la vista.

Miriam me acompañó hasta la salida, deseándome suerte y asegurándome que en menos de una semana tendría respuesta. Cuando volvía hacia mi casa, me di cuenta de que tenía varios surcos de sudor en la camisa.

· · ·

ESA TARDE quedé con mi antiguo amigo Iván, a unas cervezas. Le conté todo muy indignado, aunque cuando llegó el momento de mi discurso triunfal no pudo mantener la seriedad. Al poco estábamos los dos por el suelo de la risa. El pesar de haber perdido la oportunidad me supo algo menos en ese momento.

Dos días después, recibí una llamada. Era un número de centralita, con lo que descolgué rápidamente y con el corazón en un puño. Esperaba escuchar la voz de Miriam, cuando casi me cago encima. Era el mismísimo Raimundo Soberano, preguntando por mí. Me informó de que el puesto era mío si lo quería, que empezaba a primeros de mes.

– Por cierto: aquí todos me llaman Rai – me dijo antes de colgar.

CAPÍTULO IV

El ascensor se detuvo suavemente, señalando la llegada a la quinta planta con campanilla digital y apertura de puertas. Como casi siempre, aún no había llegado nadie.

Salí del ascensor y abrí el panel protector de plástico de los interruptores de cada área; fui pulsándolos, oyendo el chasquido que hacían focos y lámparas al encenderse. El banco de impresoras comenzó a crepitar, haciendo las comprobaciones de rigor, y la cafetera emitió un pitido para indicar que ya estaba calentando el agua.

Cada planta tenía un diseño diferente. Se podría decir que la quinta era la más rompedora, al tener los equipos gestores y estratégicos. Allí se hallaban Dirección Estratégica, Marketing, Diseño Preliminar, Generación de Negocio y Administración Legal y Financiera.

Era de techo relativamente bajo, con la viguería que sustentaba el tejado expuesta. Los puestos de trabajo se situaban por áreas, como si fueran islas dentro del enorme espacio. En el centro de la estancia estaba lo que denominaban el "área divertida", llena de cojines enormes, mesas bajas, estanterías con libros de todo tipo y sofás de diseño estrafalario. Todo aquello se emplazaba bajo un enorme tragaluz translúcido.

Se suponía que uno podía libremente echarse ahí una siesta o sentarse a pensar para estimular el flujo de ideas, aunque en todo mi tiempo allí jamás había visto a nadie usarlo. No había huevos.

Me gustaba mucho aquel espacio, sobretodo vacío. En esos momentos era capaz de apreciar la tranquilidad que se había buscado transmitir con el espacio diáfano, el mobiliario desigual pero en armonía y el absoluto protagonismo de la luz. Daba la sensación de que allí no había secretos, que todos estábamos unidos hacia un mismo propósito.

Hubo una época en que pensaba que Rai era un genio, habiendo sido capaz de idear todo aquello. El edificio en su conjunto era una oda al trabajo en equipo y a la creatividad; el propósito de cada planta era completamente identificable por cómo estaba diseñada.

Luego me enteré de que el concepto había sido comprado a D. H. Mayers, el famoso arquitecto británico. Me lo contó un compañero, un día en el café, entre risas de incredulidad. Estábamos hablando del diseño del edificio y se atragantó cuando comenté la inteligencia de Rai de dejar el ladrillo visto en las áreas de descanso.

Total, que me dirigí a mi puesto, con mis pasos resonando en la tarima. Cada isla estaba compuesta por grupos de mesas de cuatro, con mucho espacio para el ordenador, despliegue de planos, etc. Los espacios estaban divididos por pequeñas estanterías que contenían todo tipo de munición: reglas, marcadores, cuchillas, compases, papel de traza y demás quincalla. También había multitud de baldas con catálogos de materiales, pantones, revistas de tendencias... Muchas no se habían consultado en años.

Encendí mi flexo y colgué mi chaqueta húmeda en el perchero que tenía detrás. La cartera estaba algo mojada también, con lo que la rescaté del naufragio y la guardé en la cajonera, no fuera a ocurrir que encima se me fastidiaran las tarjetas y el billete mensual del tranvía.

La temperatura era perfecta, ya que la energía absorbida por los paneles del tejado se distribuía por tubos radiantes en días de temperatura baja, y en caso contrario se desviaba a baterías para las luces del jardín o a un disipador. Mi mesa estaba situada muy cerca del despacho de Rai; desde ahí veía perfectamente su oficina, ahora oscura. La escasa luz que entraba por los ventanales marcaba el contorno de la enorme mesa que tenía ahí dentro, sólo comparable a su ego, así como las moles de las impresoras 3D.

Me quité los zapatos mojados mientras arrancaba el ordenador, y suspiré de alivio al notar la alfombra limpia y seca bajo mis pies. En breve tendría que volver a calzarme, pero qué gusto.

Y más o menos, ya estaba. Tenía once correos sin leer, de los cuales me concernían dos; el resto eran actualizaciones de catálogos y nuevos números de revistas del sector, que se enviaban a todo el mundo. Los dos correos eran recordatorios del buen uso de las instalaciones comunes de la primera planta y de la zona de esparcimiento, respectivamente. Mi jornada de trabajo prácticamente había terminado.

Es verdad que aún era muy pronto, y seguro que a lo largo de la mañana algo surgiría, pero mi esperanza diaria de que me encomendaran alguna tarea se evaporó una vez más. Traté de no pensarlo mucho y abrí los tres portales de empleo en los que estaba inscrito.

Tres meses atrás había decidido soltar todo convencimiento de que la cosa mejoraría. Llevaba por entonces demasiado tiempo esperando el "gran salto", el momento en que me incluirían a alto nivel en un gran proyecto. Hasta entonces habían contado conmigo para apoyo técnico y logístico, es decir, para poco más que secretaria. Sólo me faltaban las uñas largas de gel, las gafas con cordón y la revista de cotilleo sobre la mesa.

Al principio no me había importado, ya que era divertido el concepto de empezar por la base. Estaba seguro de que poco a poco irían contando conmigo cada vez más, ganándome yo la confianza de Rai y Astrid y ellos viendo el gran potencial que tenían a su disposición.

Pero nunca terminé de entrar; empecé encargándome de diseñar y dimensionar las maquetas para la presentación a cliente y a concurso, desde cero. Luego me añadieron la responsabilidad de presentar los diseños a los de Operaciones, o como ellos los llamaban, los "escribas y albañiles". En la tercera planta se encargaban de realizar el cálculo de estructuras e instalaciones, algo imprescindible para que el edificio cumpliera con su función. La mayoría eran ingenieros estructurales y civiles, muy versados en hormigón y acero pero con una capacidad creativa bastante disminuida. El continuo análisis de normativa para adecuar cada proyecto al marco legal tampoco debía ayudarles mucho en ese aspecto.

También se situaba el grueso del cuerpo de delineación, trabajando de forma conjunta en la creación de toda la memoria documental de cada proyecto con la parte de ingeniería. En mi opinión, un derroche, dada la tempestad económica, pero hace tiempo que había dejado de preocuparme por eso. Un estudio decente se decantaría mucho antes por la subcontratación del cálculo estructural.

Y no mucho más. Me empezaron a pasar pliegos de condiciones para que los analizara, presentando un informe después. Al principio era muy interesante, ya que me lo tomé en serio y entregaba adjunto al documento propuestas de diseño mías, hechas en croquis. Los informes me llevaban el doble de tiempo por ello, y ahí fue cuando inicié la costumbre de llegar tan pronto a la oficina. En ese momento ya no tenía razón de ser, pero al menos tenía un rato de tranquilidad antes de tener que fingir que estaba muy ocupado durante el resto del día. Eso y poder largarme cuanto antes.

Rai en persona me dijo que muy bien, pero que dejara de hacerlo y de inmiscuirme en el equipo de Diseño Preliminar. Nunca lo confirmé, pero algunas de las maquetas que monté a posteriori tenían rasgos similares a los de mis propuestas.

Fue, en líneas generales, la misma reacción que ocasionó mi propuesta de procedimiento para homogeneizar y mantener actualizado el estilo en la redacción de documentos del estudio. Me parecía de sentido común que todo el estudio tuviera un formato estándar, tanto en documentos descriptivos y legales como en planos. Si uno tenía el suficiente tiempo (mi caso) y observaba las entregas de los últimos tres proyectos, se veía claramente que cada uno había sido elaborado siguiendo un patrón distinto.

Esto me pareció inconcedible, sobre todo cuando aún pensaba que Sovereign era una firma respetable. Empleé un mes en elaborar una pre-propuesta de procedimiento de estilo para todos los departamentos; esta propuesta, avalada por Rai y puesta debidamente a punto, podría ahorrar dobles trabajos y reestilizaciones innecesarias. Es decir, tiempo. Es decir, dinero.

A día de hoy esa propuesta debía estar calzando alguna de las mesas de la cuarta planta.

Comprobé si se había producido algún avance en las ofertas de empleo en las que estaba inscrito, revisé mi perfil por si pudiera hacerlo más atractivo y eché un par más; ya se había convertido en un hábito. No había mucha novedad.

Al principio era muy selecto con las ofertas que seleccionaba, inscribiéndome para puestos como "responsable de diseño junior" o "adjunto a dirección técnica". No cumplía con los requisitos de experiencia, pero yo lo intentaba. Poco a poco fui bajando el listón, hasta que volví a buscar puestos de becario. El estado de la economía no ofrecía mucho más.

Me froté los ojos. Me había prometido a mí mismo que no iba a dejarme llevar por la espiral de pesimismo que a veces me acorralaba, al menos hasta el descanso para el café. Abrí el calendario común de la planta, viendo si había alguna reunión o evento planificado para hoy. En ese momento escuché la campanilla del ascensor y a un grupo de personas que salía de él, conversando.

Los tacones que apuñalaban la tarima eran una seña de identidad de Astrid, y al volverme con disimulo vi que venía con dos de las chicas de administración. Bueno, el término "chicas" quizá fuera muy generoso.

Astrid, encaramada a sus tacones de aguja y con traje de chaqueta y falda, sonreía y hablaba con Begoña y Marta, dos de las de administración. La escena parecía sacada de un anuncio de barritas nutritivas para media mañana, donde un grupo de mujeres muy amigas las mordisquean por encima mientras demuestran lo exitosas que son en la vida. Las tres se merecían nominación al Óscar de la falsedad, como mínimo.

Astrid me sonrió sin saludar y se metió en su despacho, situado al lado del de Rai. Cerró la puerta de cristal y encendió las luces. Me di cuenta de que había encajado mis pies descalzos debajo de la mesa, temeroso de que sus ojos de halcón lo detectaran.

Marta y Begoña me dieron los buenos días y se fueron a su puesto, en el grupo de mesas enfrentado al nuestro. Trabajaban en la parte financiera y no había hablado mucho con ellas, pero me caían bien. Siempre estaban cotorreando sobre sus maridos y familias, además de pasarse bastante tiempo en páginas web de zapatos y envíos de moda.

Decidí calzarme las zapatillas aún húmedas, no fuera que en un descuido se me vieran los calcetines con tomates; lo que faltaba ya. Por un momento me imaginé qué se sentiría al entrar descalzo en el despacho de Astrid, con Rai presente, y poner los pies con los calcetines mojados encima de la mesa, para decirles que me habían contratado en la competencia; fantasías para escapar del aburrido presente.

Un fuerte golpe a mi derecha me hizo dar un bote, pillándome el dedo gordo del pie con una de las patas de la mesa. Era el gracioso de Balle, dejando su bolsa de la comida sobre la mesa de mi derecha. Me volví e hice amago de darle un puñetazo, haciendo que se alejara dando un salto para atrás.

- Hay bromas que nunca pierden la gracia, ¿eh? – dijo mientras se quitaba la chaqueta y se acomodaba en su puesto, a mi lado.
- Sí, si la gracia la tiene. Si quieres te puedo indicar dónde te la puedes meter – indiqué sarcásticamente.

Balle se rio y empezó a sacar sus notas y carpetas, mientras se encendía el ordenador. Entretanto, alzó la vista hacia el despacho de Astrid, que hablaba por teléfono vuelta de espaldas a nosotros. Sin girarse mucho, me preguntó:

- ¿Ha dicho ésta algo de mí?
- Nada, yo creo que ni se ha dado cuenta. Ha ido directa al despacho y ha cerrado la puerta – dije sin mirarle.

Astrid no era una jefa fácil. No le gustaba que habláramos entre nosotros, y habíamos deducido con el tiempo que esperaba de nuestra parte estar en nuestros puestos antes de que ella llegara; otra razón añadida para el hábito de los madrugones. De ese modo podía disponer de nosotros en cualquier momento.

Balle lo llevaba especialmente mal. Era adjunto a Dirección Estratégica, y le contrataron con vistas a una mayor proyección para el despacho. Nicolás Ballesteros, "Balle", tenía un nada desdeñable pasado como consultor inmobiliario y de obras; había formado durante años parte de la plantilla de una gran consultora. Tampoco es que Rai y Astrid tuvieran muy en estima su opinión, como ya se había visto varias veces, pero me consolaba tener a alguien objetivamente competente cerca, para variar.

Balle y yo habíamos llegado a ser bastante amigos, al menos todo lo amigo que se podía ser de alguien entre esas paredes vanguardistas. Sabía que algo debió ver en las esferas en que antes se movía como pez en el agua, ya que había ido bajando de nivel y de jornada poco a poco. Algo tenía que ver también el hecho de que estaba a punto de ser padre. El mundo a tus pies y le das una patada.

Astrid seguía en su despacho. Había colgado, pero ahora tecleaba de manera obsesiva en su ordenador.

• • •

LA OFICINA había empezado a llenarse. Los chicos de DP estaban ya casi todos, reunidos en torno a una de las mesas de dibujo, y se oía jaleo en la parte de Marketing. La isla de Generación de Negocio estaba encendida también, aunque no veía a nadie. Seguramente estarían chismorreando en la máquina de café.

Balle se hallaba inmerso en la lectura de algún tipo de informe de mercado. Esa era la parte que más odiaba de la mañana, cuando todo el mundo parecía tener algo que hacer menos yo. La siguiente hora se me pasó muy lenta, y ni siquiera eran las nueve y media cuando volví a mirar el reloj.

A mi alrededor estaba el bullicio habitual de la quinta planta: sonido suave de las llamadas online de clientes y contratistas a Generación, el crepitar de impresoras y plotters, pasos apresurados. Cada vez que alguien se acercaba a mi puesto, ponía cara de concentración y movía el documento que llevaba abierto en la misma página desde que llegué. Balle sabía mi situación y alguna vez me había intentado ayudar y dar ánimos, pero no habíamos sacado nada en claro.

– Ve y habla con ellos, pídeles trabajo, hazles ver que estás desocupado. – me dijo una vez, a los dos meses de entrar – No es normal que te tengan aquí parado, con la de proyectos en que podrían aprovecharte.

Nos hallábamos en nuestros puestos, charlando tranquila pero cautelosamente. Astrid estaba en el despacho de Rai, mostrándole unas tablas. Estaban relajados y con la puerta abierta. En la planta quedaba poca gente ya, al estar tan cerca la hora de salida. Balle me había estado calentando la oreja todo el día, después de una jornada de ocho horas laborales fingidas. Estaba particularmente asqueado, y Balle lo aprovechó para darme un empujoncito a lo inevitable.

Por dentro me recorría una mezcla incandescente de impotencia, aburrimiento e indignación, pero también de vergüenza. Vergüenza por verme en esa situación y no echarle un par, por no haber sido capaz de defender mi puesto en el departamento. Así que, jaleado por Balle, me dirigí al despacho y pedí hablar con ellos, cerrando la puerta de cristal tras de mí.

Me encantaría contarte que lancé un discurso que los dejó en el sitio, viendo el potencial que estaban desperdiciando al no incluirme en más proyectos y al no darme más responsabilidad, pero me temo que no fue así. Me salió algo decente, aunque no caló mucho, ya que la respuesta fue algo similar a "estás aprendiendo y de momento haciendo un gran trabajo, con lo que ya te iremos dando más cosas" por parte de Rai. Astrid añadió que necesitaba conocer mejor el mercado y las demandas de los clientes, que no todo era ponerse a dibujar casitas bonitas. Casitas bonitas. Menuda imbécil.

Balle no me volvió a insistir en que hablara con ellos. Sí hice algún intento por mi parte, con algo más de elegancia, pero nunca cuajaba. Me seguían cayendo los mismos pliegos, las mismas maquetas y elaboración de informes técnicos que me pulía en dos o tres días de trabajo. Y eso antes de que compraran la impresora 3D, que hizo que mis tareas fueran cada vez más simples.

Un golpe detrás de mí me saco de mi ensimismamiento. Al girarme vi unos papeles desparramados por el suelo y a Sandra, con cara de circunstancias, agachándose. En seguida me uní a ayudar, sonriendo levemente. Sandra era una delineante de la cuarta planta, pulcra y eficaz. Debía tener más o menos mi edad, y estaba para quitar el hipo. Cuando le di los papeles, mirándola a los ojos, se ruborizó un poco y me dio las gracias. No habíamos intercambiado más de tres o cuatro frases en todo este tiempo, casi siempre en el ascensor o en el vestíbulo, pero notaba que había algo de atracción entre nosotros. Me imaginé cómo sería su cuerpo mientras la veía alejarse hacia Preliminar.

– ¡Jano! ¿Estás sordo? Que vengas a mi despacho, ¡coño! – oí a lo lejos.

Ahora el que estaba rojo era yo. Astrid me miraba irritada, sujetando la puerta de cristal de su oficina. Por el rabillo del ojo vi a Balle con cara de póker. Se había hecho el silencio en Administración.

A toda prisa, agarré mi cuaderno de notas y un bolígrafo y me dirigí al despacho de Astrid, que seguía esperándome en la puerta. Se me habían puesto de corbata.

CAPÍTULO V

La estancia formaba paralelepípedo de cristal, solamente alterado por la curvatura del muro exterior. La mesa de Astrid, en forma de L, se situaba nada más entrar a la izquierda. Las pantallas del ordenador las tenía orientadas hacia las paredes de cristal que separaban su despacho del resto de la oficina, de modo que siempre tenía la sensación de que nos estaba vigilando.

Pegado al gran ventanal se encontraban un sofá y una mesa de café, formando un pequeño espacio de reunión más desenfadado que la seriedad que implica sentarse con una mesa de por medio. Balle no paraba de especular sobre otros usos que le hubiera podido dar a ese sofá, incluyendo a Rai en la ecuación. El sentimiento de asco me hizo volver rápidamente a la realidad.

Astrid me dejó pasar, cerrando la puerta de cristal tras de sí. El murmullo habitual de la oficina se apago casi por completo, dejándome con una ligera sensación de aprensión. Me quedé parado esperando a que ella me indicara qué quería de mí, como cada vez que me llamaba a su despacho.

Me rozó el brazo al dirigirse a su asiento, lanzándome un "pero siéntate, hombre" con voz divertida. Estaba seguro de que esta tía se daba cuenta perfectamente de lo que me incomodaba estar allí, jugando un poco con ello. Zorra.

Me senté inmediatamente delante de ella, abriendo mi cuaderno y poniendo la fecha de ése día. No era habitual que Astrid me convocara a mí solo a su despacho; cuando tenía reuniones con ella casi siempre estaba Rai también, o quizá alguien de Preliminar para que me explicara bien el diseño de la maqueta que necesitaban. Me puse en disposición de tomar nota y esperé a que hablara ella.

Astrid se sentó en su asiento, frunció el ceño al leer algo de la pantalla del ordenador, y habló sola. Todo ello sin mirarme.

- ¿Sigues ahí, Rai? - dijo, dirigiéndose al pequeño altavoz cúbico situado encima de su mesa.

Por supuesto; la reunión a tres en manos libres. De un modo u otro se las arreglaban para estar siempre conchabados.

- Sí. ¿Has traído a Jano ya? – la inequívoca voz rasposa de Rai brotó del altavoz, atronando. Hasta me pareció percibir ligeramente el invasivo perfume que siempre traía consigo.
- Sí, está a la escucha también. Ya podemos empezar.
- Jano, estoy con los de Weiss, los de los hoteles. En un rato iremos para la oficina, que quieren volver a visitarla, y aprovecharemos para ver las modificaciones en la propuesta. Quiero que te encargues de darle una vuelta a la presentación comercial del complejo Lido, el de hace un año, para que puedan llevárselo al terminar. La presentación no tiene que ser nada del otro mundo, pero asegúrate de que sea sorprendente y muy llamativa. Tengo que colgar; Astrid te dará los detalles.

Se escuchó una voz de fondo, a la que Rai se dirigió chapurreando alemán, y la llamada se cortó.

Así que al final me iba a salpicar a mí también. No sabía si alegrarme porque Mario me hubiera prevenido esa mañana o acordarme de su familia. Sí, el pobre no tenía culpa, pero ya te he dicho que me sacaba un poco de mis casillas.

Astrid pulsó un botón en el altavoz a la vez que giraba una de las pantallas de su ordenador hacia mí. Su cara no transmitía nada. La mía tampoco, aunque tenía las palmas de las manos bastante húmedas.

- Como ves, no tenemos tiempo que perder. La cuenta de Weiss se dio por fallida hace meses, pero hace unos días volvieron a retomar el contacto y a hacer nuevas preguntas sobre la propuesta de proyecto que acordamos. Rai les invitó a volver, y aterrizaron ayer. Sobre las doce se los llevará a comer, y alrededor de la una y media tendremos una reunión en la segunda planta. Me gustaría que te encargaras de los detalles técnicos.

No sabía cómo reaccionar. Tras todo este tiempo mi respuesta facial por defecto era de calma seria, el tipo duro y profesional que puede con todo. Por dentro estaba inquieto, sin saber qué cojones querían exactamente que hiciera en menos de dos horas.

- Entiendo la situación, pero ¿qué buscáis...? digo, ¿qué buscamos que pase tras la reunión? – me corregí rápidamente, tras ver como se le congelaba la mirada. No sería la primera vez que me lanzara el discurso de que el primer paso para trabajar como un equipo es modificar el lenguaje y gilipolleces similares.

A Astrid no le gustaban las preguntas directas. Siempre había que realizar "preguntas inteligentes", tal y como ella afirmaba, si querías que se dignase a responder. Sin relajar la mirada, esbozó una sonrisa que imagino ella entendería como cordial. Una sonrisa local, de ésas en las que el resto de la cara no se mueve en absoluto y te parece estar mirando frente a frente a una hiena hambrienta.

– Respóndete tú a esa pregunta. ¿Cuál crees que es el objetivo final? - dijo sin dejar de sonreír.

Había caído sin darme cuenta en una de las trampas clásicas de la bruja de tacones afilados. Odiaba que lo inesperado de la situación me estuviera haciendo olvidarme de cosas aprendidas hace tanto tiempo.

– Pues... Que los de Weiss se queden con alguna idea de la propuesta, de modo que acaben contratando a Sovereign para el proyecto de los resorts – dije sintiéndome como un niño pillado en falta.

La sonrisa se hizo más amplia.

– ¿Lo ves? Ya decía yo que te habíamos contratado por algo. Te voy a pasar toda la información que tenemos en Arco para que puedas ponerte al lío. Lo más seguro es que lleguen y Rai les entretenga un rato con un café, antes de la reunión. Creo que podemos alargar el plazo a tres horas limpias; echa los restos, porque un contrato así podría cambiar el futuro de la empresa, e incluso el tuyo .

Al acabar la frase, se volvió hacia el ordenador. Todo indicaba que hasta ahí llegaría la "reunión informativa". Noté una burbuja de angustia y otra de cabreo inflándose dentro de mí. No iba a dejar que me encasquetara este marrón tan fácilmente.

- Un par de pegas, Astrid – dije, apoyándome en el enfado que sentía –, ahora lo hablaré con Diseño Preliminar y con Generación, pero no entiendo cómo podemos sacar algo innovador en un plazo tan corto. La otra vez llevó una semana solamente para la toma de requisitos, y luego un mes de prospección de terrenos para ver qué se podría levantar en las zonas de construcción designadas. Necesitaría más infor...

- A ver, Jano, no tenemos tiempo para estas historias – respondió Astrid, sin apartar la mirada de la pantalla de su ordenador – los chicos de DP están volcados con la entrega de los interiores del duty-free del Corella, así que no les interrumpas. A Generación les he mandado a cliente a hacer una toma de requisitos, con lo que no creo que consigas pillarles. Si tienes alguna duda me consultas a mí o llama a Dani. Recuerda que la documentación base está ya hecha, así que lo único que tienes que hacer es darle una vuelta para que parezca nueva. No creo que te esté pidiendo nada descabellado, ¿no crees?

Para esa última frase se volvió a mirarme directamente. Me limité a asentir, aunque seguía bullendo por dentro. El sobredimensionado equipo de DP estaba volcadísimo en el diseño de interiores de la zona de compras del aeropuerto, cuando con dos o tres personas y una buena organización podrían quitárselo de en medio en una semana. Pero claro, había que justificar sueldos y amiguismos.

Astrid pulsó una tecla con teatralidad y rompió el silencio que se había generado.

— Te acabo de enlazar la carpeta del Arco donde está toda la información necesaria. Será mejor que empieces cuanto antes. En un rato iré a ver qué tal lo llevas. Dale duro, Jano.

"Que te den duro a ti", pensé amargamente mientras recogía mi cuaderno y me levantaba. Astrid se quedó mirándome en silencio mientras recogía, como hacía siempre. Te daban ganas de salir corriendo, pero luché contra mis instintos y me tomé mi tiempo en cerrar el cuaderno y levantarme de la silla. No dejé de notar su mirada clavada en la nuca hasta que cerré la puerta detrás de mí.

CAPÍTULO VI

Decidí ponerme un café para ordenar mis ideas. Pasé por delante de mi puesto, tirando el cuaderno encima de la mesa y haciendo que Balle diera un respingo, que estaba al teléfono. Me preguntó con un gesto cómo había ido, pero lo ignoré mientras me dirigía hacia la máquina. Por el tragaluz pude ver que había parado la lluvia, aunque el cielo seguía cerrado y gris. Los nubarrones se agolpaban también en mi cabeza, intentando buscar una solución al sinsentido que acababa de pasar.

¿Que Preliminar y Negocio estaban muy ocupados? Los cojones. Ya que me utilizaban de comodín para los pufos, al menos que no me tomaran por tontaina. Las únicas cuentas que a día de hoy daban dinero eran las de rediseño de interiores; mayoritariamente negocios de grandes espacios como aeropuertos o centros comerciales que pedían una distribución del espacio que representara su marca y valores e idas de olla del estilo. Era la prima fea y tuerta de la bella arquitectura, pero eran los únicos ingresos seguros a final de mes. Como directora de Espacios Interiores, Astrid no quería que se molestara a sus niños bonitos.

Y no había olvidar el hecho de que hacía tiempo que ni se olía construcción original en el estudio; las últimas obras grandes habían sido reformas y restauraciones, como la de los jardines del puente Lieu. También había habido alguna solicitud aislada de asesoría de compras de inmuebles, pero poca cosa en general. Y eso sin mencionar los concursos, tanto de iniciativa pública como privada; sólo habíamos conseguido ganar uno, que finalmente fue cancelado por falta de fondos. Por mucho que se esforzara en ocultarlo, los diseños impulsados por Rai nunca terminaban de convencer al cliente.

Sorprendentemente el área de la máquina estaba vacía; se situaba de camino a los ascensores, aunque algo apartada y separada del resto del espacio por unos biombos estratégicamente colocados. De este modo se evitaba que lo primero que vieran las visitas al salir del ascensor fuera un grupo de empleados chismorreando alegremente.

El área de descanso estaba destinada a breves recesos; más de una vez se tuvo que llamar la atención desde Recursos Humanos por el jaleo que se montaba, audible desde la otra punta de la planta. Desde ese momento, muchas personas decidieron cortar de raíz el problema y hacer el descanso en la planta baja, donde había comedores y cocinas con más privacidad. Aun así, siempre solía haber alguien haciendo acopio de cafeína o huyendo un poco de su departamento. Mis visitas a la máquina se podían englobar casi siempre en la casuística del segundo grupo.

Abrí el cajón de las cápsulas y seleccioné una roja, código que supuestamente indica café fuerte y con cuerpo. El café de capsulitas no tenía nada que decirle al que me tomaba en casa cada mañana, de italiana, pero no había otra cosa. Mientras la cafetera hacía ruidos poco propios de su tamaño y diseño exterior, me centré de nuevo en las buenas nuevas que acababa de recibir.

Y claro, avisan los de Weiss con un margen de una semana y a nadie se le ocurre que quizá haya que sentar el culo en algún momento a ver qué quieren o qué ha motivado que no volvieran a contactarnos la primera vez. O más fácil aún; a Rai no le importa tirar un cubo de mierda a alguien y ver qué ocurre. ¿Que sale bien? Ole sus huevos, qué listo es y demás onanismos. ¿Que no sale? La culpa es de Jano que no se ha esforzado lo suficiente, o que no ha sabido captar la visión del cliente pero oye, no hemos perturbado el flujo de trabajo de los departamentos y tampoco ha sido para tanto...

Decidí abandonar esos funestos lares neuronales por mi propia salud mental; el café estaba listo y la pequeña sala seguía siendo para mí. Cogí la taza y aspiré el escaso aroma del café encapsulado, pobre pero presente, y decidí centrarme en lo que tenía entre manos. El marrón seguía ahí, el tiempo corría y me iba a caer bronca igualmente, pero oye, al menos tenía algo que hacer. Tenía la oportunidad de demostrar, aunque fuera a mí mismo, que la profesionalidad es una actitud.

Apuré el café de un trago, quemándome por segunda vez la lengua, y me encaminé de nuevo a mi puesto. Balle había terminado su llamada y me miró de reojo mientras me sentaba, sacaba papeles para anotar y despertaba al ordenador de su letargo. Yo no tenía tiempo para relatos, pero le dejé que preguntara por cortesía.

- ¿Qué tal? ¿Te ha caído una gorda? – Preguntó sin volverse hacia mí. Por el rabillo del ojo podía ver la silueta de Astrid en su despacho, vuelta hacia nosotros.
- Sí, me ha caído un mierdón. Es para dentro de un rato, así que ya te contaré - respondí con calma forzada.

Activé la aplicación de Arco, el servidor de información interno del estudio, y mientras cargaba abrí mi cuaderno buscando las notas del primer contacto de Weiss con Sovereign. Mi aporte al proyecto se redujo a hacer una amalgama de documento, puente entre las especificaciones de la hotelera, obtenidas por Preliminar, y las impuestas por Rai. Todo aquello se traduciría en una propuesta que debería haber satisfecho a los austríacos y dejar el nombre del estudio bien alto, pero nunca se obtuvo respuesta sobre el diseño preliminar.

Comencé a recorrer las carpetas que me había enlazado Astrid; ahí había material para leer cinco días. La carpeta general del proyecto se subdividía en otras tres, una por cada resort costero especificado por Weiss. La carpeta del centro contenía todo lo relacionado con el complejo Lido.

Tenía actas de reuniones, fotografías, estudios de terreno, análisis geotécnicos y topográficos, normativa... Estuve un buen rato toqueteando toda aquella información; era demasiado tentador como para no curiosear. El mapa inicial detallaba la localización en Praia Acalmou, cerca de Faro, en Portugal; el tiro de cuerda mostraba la planta de un edificio de tamaño moderado, con poco impacto en el terreno, además de coherentemente alejado de la orilla. Me entraron muchas ganas de indagar más.

Jamás me habían dejado acceder a todas las dimensiones de un proyecto, y menos a uno tan completo. Estaban los planos del diseño propuesto, que jamás había llegado a ver, los archivos de proyección CAD en 3D del mismo, renderizados, cálculo estructural, estimación del coste de la obra, personal, maquinaria... Todo. Incluso sabiendo de donde venía, se había hecho un trabajo muy concienzudo. Una parte de mí esperaba encontrar poco más que un ostentoso folleto comercial, pero ni mucho menos era así.

Poco a poco se completaba el puzle; al principio no se había reparado en gastos ni recursos para que los austríacos contrataran a Sovereign, obteniendo la callada por respuesta. Entre que Rai debía estar herido en su ego y que seguramente no daban un duro por conseguir el proyecto, decidieron salir de la manera más fácil y económica: encargándoselo al becario. El café se me revolvió en el estómago del cabreo.

En circunstancias normales habría leído todo con cierto detenimiento, al menos para entender el fundamento del proyecto desde la base, pero aquello no eran circunstancias normales. Abandoné el cotilleo y me puse a leer transversalmente el proyecto básico, de ciento veintitrés páginas. Me quedaban menos de ciento cincuenta minutos nominales para darle una vuelta de tuerca a todo aquello. Suspiré y me puse al tajo.

· · ·

MEDIA hora después, mi energía se empezó a evaporar poco a poco. No había encontrado ningún tipo de inspiración, como me imaginaba, en ninguno de los estudios geotécnicos o memorias constructivas del complejo. Las partes de normativa me las salté alegremente, y por salud mental decidí no entrar en el proyecto de ejecución ni en la dirección de obra; no estaba para perder el tiempo con estimaciones de movimientos de tierras de algo que jamás se construiría.

Me quedaban un par de páginas del presupuesto de materiales cuando noté que me clavaban algo en el costado. Era Balle llamando mi atención con un bolígrafo.

- Jano, acabo de terminar un cagarro de ésos que manda Rai. ¿Necesitas ayuda con algo?

La inmensa gratitud que sentía debió reflejarse en mi cara, porque enseguida se echó para atrás y puso una sonrisa lobuna.

- Vale, vale, te ayudo pero no me vayas a morrear ni nada ¿eh? que estoy comprometido ya – dijo mientras se señalaba el dedo anular.

Me reí a gusto, descargando un poco de tensión. Balle se acercó a mi lado y miró la pantalla, buscando ver en qué estaba. Le hice un gesto de silencio al ver que entendía en qué proyecto estaba trabajando.

- ¡No jodas! – susurró – ¿Los de Weiss? No entiendo nada.
- Cierra la boca y escucha - respondí entre dientes.

Rápidamente y echando miradas furtivas al despacho de Astrid, que estaba leyendo unos papeles con mucha concentración en su mesa, le puse al día. No estaba seguro de que precisamente nos felicitaran por compartir esta información.

Mientras le enseñaba toda la documentación que tenía, me marqué la promesa de invitarle como mínimo a una cerveza, y de mostrar más interés por el embarazo de su mujer. Nada como no verte solo ante el peligro.

– Me quedan dos horas para entregar un unicornio, y no tengo ni el tono de rosa seleccionado – resumí, entre divertido y desesperado.

Balle se quedó pensativo. Astrid se giró súbitamente hacia las pantallas de su ordenador y los dos pegamos un ligero bote.

– De acuerdo, Jano – dijo sin girarse hacia mí – vamos a hacer lo siguiente. Astringencia – así llamaba a Astrid a sus espaldas – te ha dicho que para el complejo Lido, ¿verdad? Bien, pues vamos a eliminar toda referencia al resto de edificios. Me voy a poner a remaquetar el documento de la propuesta general y a reestimar costes para este hotel. Mientras tanto, dale a las propuestas y a los planos. Tenemos que darles algo visual a los clientes; eso funciona casi siempre.

No fallaba; a poco que rascaras salía el consultor que llevaba dentro. Como estrategia no estaba nada mal, y encima me quitaba de en medio la parte comercial del proyecto, la cual odio. Balle se sumergió en su ordenador y yo arranqué SupraCAD, el programa de diseño gráfico que se empleaba en la oficina.

Había varios archivos terminados de planos; al igual que antes, descarté todos menos los del complejo Lido, siguiendo la estrategia del sálvese quien pueda que habíamos trazado antes. Me obligué a mí mismo a recordar que todo aquello no era sino una orgía neuronal del bueno de

Rai, por mucho que mi amor propio me obligara a revisar las justificaciones de sustentación del edificio. Había estado leyendo párrafos y párrafos sin registrar nada.

CAPÍTULO VII

El Supra terminó de cargar. A través de la ventana de diálogo, que me instaba amablemente a elegir archivo para empezar a trabajar, abrí los archivos del anejo de planos del proyecto básico. Ante mí se empezaron a desplegar raudamente las vistas en planta de cada espacio del futuro hotel.

El Lido era realmente precioso. Estaba diseñado para mimetizarse con el paisaje, de modo que a lo lejos no se terminaba de saber si era un edificio o una colina. Al atravesar las puertas principales, de vidrio ligeramente cerúleo, el huésped se encontraba bajo un sistema de bóvedas que en principio no sugería ningún orden claro, pero a ojo experto estaban claramente jerarquizadas. Los soportes de hormigón quedaban inteligentemente ocultos, de modo que la estructura parecía haber pertenecido siempre al entorno.

La bóveda principal alojaba las dependencias principales de recepción y gerencia, así como ejercía de espacio detonador para el resto de la estructura. Desde ahí se podía acceder a otras bóvedas, dando la sensación de estar ante un mundo por explorar. Desde cualquier punto era posible ver el océano, ya que todos los espacios entre apoyos se cerraban con vidrio transparente. Las bóvedas para el resto de espacios como el gran restaurante y el salón de baile formaban un espacio híbrido, posibilitando ampliar uno u otro según las necesidades; el sentimiento implícito de libertad y sencillez era embriagador.

La recepción se situaba en el inicio de una pendiente que descendía suavemente hasta el mar; la estructura parecía fluir eternamente hacia la orilla, nunca llegando hasta ella. Las bóvedas daban lugar a un paseo principal en el que sin duda se situarían jardines de vegetación autóctona, estando las habitaciones a ambos lados, resguardadas por una cubierta que imitaba el estilo de las bóvedas principales. En vez de conducir directamente a la playa privada, el paseo jugaba con los sentidos, revelando sorpresas como el restaurante exterior o la piscina desbordante.

Cada una de las habitaciones tenía una pequeña terraza orientada hacia el mar, desde las que sin duda se disfrutarían unas majestuosas puestas de sol. Se propuso activar los espacios de las terrazas diseñándolas como terrazas vegetales desde el inicio. Cada habitación tendría vegetación asegurada, autoalimentada mediante tubos de riego bajo las capas aislantes y drenantes.

El conjunto era espectacular. Me había quedado embobado sólo con la distribución de cada nivel y el emplazamiento urbanístico. Abrí el módulo 3D del Supra, el cual permitía proyección de los planos y una previsualización de la estructura una vez construida. El ordenador se quedó procesando un momento y activó la ventilación; el programa consumía muchos recursos. Esto llevaría un poco.

Mientras tanto, abrí la carpeta de renderizados por pura lujuria. A través del Supra se habían sacado varias perspectivas del hotel en pleno funcionamiento; el exterior como lo vería un cliente al llegar, la recepción, las vistas desde las terrazas y los restaurantes, el salón de baile lleno... Era soberbio. Las fachadas estaban cubiertas con algún tipo de paramento que emulaba el color de la roca caliza presente en los acantilados de alrededor, acrecentando la sensación de pertenencia.

Siento la perorata, pero ya te avisé desde el principio que soy un ladrillos enloquecido. Como apunte final y por si no había quedado claro, el complejo destilaba originalidad por todas partes.

El ordenador emitió un aviso y cargó la proyección en tres dimensiones del resort; estuve recorriéndolo unos minutos, confirmando todo lo que había pensado, sentido y casi saboreado anteriormente. Tuve un pensamiento fugaz: ¿habría metido mano en alguna parte de esto Rai? Imposible.

Balle carraspeó. Levanté la vista para encontrarme con su mirada socarrona bajo sus cejas enarcadas.

- ¿Quieres un pañuelo, para recogerte la baba? Por no decir otra cosa, claro...

- Vete a la mierda – respondí, medio avergonzado, medio divertido. Ya era la segunda vez en ese día que me pillaban en un viaje "arquitemístico".

- Dejando aparte tu cementofilia, te queda poco más de una hora y media, campeón – anunció mientras señalaba su reloj – ¿has encontrado algo de utilidad? Yo le estoy dando un repaso, pero creo que el informe preliminar ha quedado bastante bien. Diría que no está entre mis peores engendros, teniendo en cuenta el tiempo dedicado.

Sentí una oleada de agradecimiento hacia él, mezclada con la aprensión por el poco tiempo que me quedaba.

- Aún no he podido ponerme a pensar; este diseño es brutal. ¿La idea base salió de Rai? Es increíble – no pude evitar indagar un poco.

Estaba jodido de tiempo pero era superior a mí.

- Hasta donde yo sé, sí. Estuvo trabajando, ojo a lo que digo, Rai trabajando – dijo Balle entre muecas de pantomima, mientras yo me reía – con DP durante bastante tiempo. No sé si la idea original fue suya o salió entre todos, pero ahí está. Cuesta creerlo, ¿verdad?

Y tanto. Al volver a mirar los planos en mi pantalla, mi mirada pasó inevitablemente por el reloj del ordenador. Me quedaba, a efectos prácticos, una hora larga para la entrega. Balle se volvió a su puesto y yo me centré de nuevo en exprimirme las neuronas.

La oficina estaba más silenciosa que al inicio de la mañana; se notaba mucho la ausencia de los de Generación de Negocio, siempre tan escandalosos con sus llamadas de clientes. Solamente se escuchaba alguna conversación lejana mezclada con el murmullo de una impresora, y el tecleo de Balle.

Astrid seguía enfrascada en su ordenador. Un rayo de sol furtivo entró por el tragaluz, para desvanecerse de nuevo. Según se veía por los ventanales del despacho de Astrid, el viento había desgarrado la capa nubosa y el sol asomaba entre grandes cúmulos blancos, dándole un aspecto brillante y limpio al jardín de fuera. Astrid levantó la vista de su pantalla, cruzando su mirada con la mía, lo que me hizo regresar estrepitosamente al presente.

Decidí imprimir los planos generales de las principales dependencias del hotel, ya que era un coñazo estar mirando a través del Supra. Seleccioné el plotter correspondiente a mi sección y ordené imprimir las hojas, todas en formato A3. No eran más de diez páginas, con lo que en seguida estarían listas.

El plotter se puso a alborotar en la lejanía, a la vez que yo apartaba mi monitor y me acercaba el flexo. Despejé la mesa y desbloqueé los pestillos laterales para inclinarla. Saqué el escalímetro que me gustaba, comprobé que tenía lápices afilados y fui a por los planos.

No hay nada como un plano recién impreso; el papel aún caliente junto con el contraste de las líneas oscuras contra el fondo blanco es una sensación indescriptible. Me traía buenos recuerdos de cuando por fin entregué mi proyecto final, tras mucho esfuerzo.

Los llevé a mi mesa y los agrupé por zonas, empezando por el área correspondiente al atrio y recepción. Me acomodé en mi silla y comencé a buscar algún resquicio que mejorar, o algo nuevo que proponer.

Realmente el diseño era impecable. La naturaleza y el océano como protagonistas para un complejo vacacional exclusivo eran la elección necesaria, aunque la sencillez con la que se llevaba a cabo transmitía mucha elegancia. Sentí un inicio de frustración mientras se me aceleraba ligeramente el pulso.

Yo necesitaba desesperadamente formar parte de algo así. Tenía pasión y ganas, muchas ganas de currar y demostrar todo lo que valía, y la única oportunidad que se me había concedido era con prisas e intentando dármela con queso. No era justo.

Respiré hondo para centrarme. El diseño me encantaba a mí, pero estaba claro que a los austríacos no les había encajado del todo. Algo se nos había escapado en la entrega de este diseño, teniendo en cuenta el poco entusiasmo con el que fue recibido. Las especificaciones iniciales según la documentación que había leído estaban satisfechas: emplazamiento, dimensiones generales, luz, espacios... Tenía la sensación de que se me escapaba algo que estaba delante de mí, pero no había manera. Fui haciendo marcas en cada espacio de los planos, repasando la disposición y los posibles fallos que pudieran haberse pasado por encima. Me incliné sobre la mesa con el lápiz en una mano y los útiles en la otra, comparando escalas.

Balle carraspeó ruidosamente.

– ¿Cuál es tu puto problema? – dije sin volverme, con la mirada fija en la escalinata de acceso al gran paseo central.

El silencio que siguió a mi pregunta me puso los pelos de punta. Me di la vuelta y ahí estaba Astrid, con una sonrisa de hielo y un paquete en las manos. Se me pusieron en la garganta.

– En esta vida, Jano, hay que tener un poco de cuidado antes de abrir

   el buzón – enunció con excelente dicción, sin dejar de sonreír. O

   mejor dicho, de psico-sonreír.

Noté las manos temblorosas, así que las apoyé sobre la mesa. Por el

rabillo del ojo vi a Balle tapándose la cara; esto lo pagaría caro durante

el resto de mi estancia en Sovereign.

– Perdona, Astrid, pensaba que eras otra persona.

– Ya ya, eso espero – dijo sin cambiar la postura.

Su mirada pasó de mí a mi mesa, y su ceño se frunció ligeramente. Yo no

moví un músculo. Tenía activada la misma respuesta reflejo que si

estuviera ante un tiranosaurio.

– ¿Qué es esto? ¿Has impreso los planos? - alargó el brazo y cogió la

   hoja en la que estaba trabajando, estirando el cuello para leer el

   cajetín con la información.

Algo en el tono de la pregunta no anunciaba nada bueno.

– ¿Crees, Jano, que la cosa está como para andar imprimiendo a lo

   loco? Quedan – exclamó, mirando exageradamente su reloj – menos

   de dos horas para que llegue Rai, ¿y pierdes el tiempo en imprimir?

   Me parece que no vamos a conseguir mucho con esa actitud.

Deberían reconocerle con un premio o algo la capacidad innata para dar

por saco. El numerito no tenía nada que ver con las hojas del plano; era

su colchón de seguridad en caso de que yo no consiguiera presentar nada

a Rai y compañía. Algunas personas se habían vuelto a mirar, con lo que ya existían testigos de mi supuesta incompetencia. Ignoré el volcán en erupción que notaba dentro del pecho y puse cara neutra. Los latidos me rebotaban en los oídos.

- Astrid, necesitaba tener visión de conjunto.
- Me da igual la razón; el tiempo ya está perdido. Vendré en una hora y algo para que me expongas tu trabajo, si es que tienes algo, claro.

Iba a abrir la boca para protestar cuando tiró el paquete que llevaba en la mano encima de la mesa, haciendo revolotear ligeramente los planos. Aprovechó el desconcierto para añadir, mientras se volvía y se dirigía hacia los ascensores:

- Ponte esa camisa; creo que es de tu talla. No sé si Rai querrá que formes parte de la bienvenida a los de Weiss, pero por si acaso. No podemos ir vestidos de cualquier manera.

Las cuchilladas al suelo cada vez más lejanas fueron lo único que escuché, además del ascensor. La bofetada mayestática me había dejado atónito y contemplando el paquete. Tras asegurarse de que Astrid se había ido, Balle se volvió hacia mí.

- No te metas en su juego. Recuerda, les encanta ejercer de jefazos, cuando no saben diferenciar un ladrillo de un bizcocho – dijo mirándome seriamente.

La mezcla de enfado y desmotivación me impulsaban a replicar, pero Balle levantó el dedo índice de su mano derecha mientras mantenía su mirada fija.

– Sí, son unos hijos de puta. ¿Qué esperabas? Se creen que están por encima y todo lo que quieras. Ahora, de nada te va a servir quejarte o tirar la toalla. Siempre estás metiéndote con lo poco profesional que es el trabajo que te mandan hacer, ¿no es así? Ahora tienes una oportunidad de enseñarles cómo se hace. Sí, no hay casi tiempo y blabla - añadió al ver que yo me preparaba para protestar – pero debes hacerlo lo mejor que puedas. Te lo debes a ti mismo.

En ese momento comenzó a sonar su móvil. Balle miró la pantalla y me hizo un gesto de disculpa. Antes de descolgar el teléfono, me señaló mi mesa para que me pusiera a trabajar y me dio una palmada amigable en la espalda. Me ardía la cara de la indignación.

Las palabras de Astrid me quemaban. La camisita seguía donde había caído, expectante. Había visto hacer feos similares a otras personas de la empresa, pero nunca me había caído uno a mí. La curiosidad con que había estado dándole vueltas a los planos se había evaporado, siendo reemplazada por pura desidia. No veía el sentido de esforzarme para salvarle el trasero a los cretinos éstos. Las razones que me había puesto a mí mismo para continuar en la empresa perdían brillo a cada segundo que pasaba.

Asqueado, coloqué la mesa en posición horizontal y acerqué el teclado del ordenador. No tenía la cabeza para seguir enfrascado en los planos sin ninguna idea, con lo que decidí hacer un poco de investigación. La única razón que evitaba que me marchara del edificio era el orgullo propio y algo del discurso de Balle. Tenía muchas ganas de dejarles colgados, en plan "¿sí? Pues ahí os quedáis", pero me escocía la idea de dejar la oportunidad de trabajar en un proyecto así, aunque fuera de cartón. Mi ego se revolvía.

Abrí el buscador y metí las palabras "Weiss International Hotels". Enseguida se desplegaron ante mí multitud de entradas sobre el conglomerado empresarial de hostelería, con más de trescientos hoteles abiertos en medio mundo. Abrí varias páginas sin mucho convencimiento, a ver si conseguía algo que me sirviera para salir del letargo. Barajé levantarme a por un café, aunque fuera para estirar las piernas, desechando la idea inmediatamente. Sólo faltaba que Astrid volviera y no me viera en mi puesto.

La empresa hotelera llevaba cerca de cien años existiendo. Se fundó allá por los años diez del siglo pasado, estableciendo su primer hotel en la ciudad de Linz, en el estado federado de Alta Austria. Poca gente imaginó que aquel pequeño hotel se convertiría en la piedra angular de un gran imperio hostelero.

Aunque contaban con más de cuarenta mil empleados por todo el mundo, el equipo gestor y director siempre había estado formado por ciudadanos de Linz. Este hecho me transmitió cierto aire fascista que derrumbó la poca fortaleza que aún tenía. Cerré el artículo informativo y me eché para atrás en la silla, estirándome la espalda. El reloj seguía corriendo, y así estábamos.

Me apoyé de nuevo en la mesa, frotándome los ojos. Estaba muy cansado, tanto mental como físicamente. Balle seguía hablando por teléfono, mientras que el resto de la gente de la oficina seguía a sus cosas, como cualquier otro día. Realmente no era más que eso, un martes como cualquier otro, en el cual Rai y Astrid habían tenido otra idea genial de las suyas, salvo que esta vez me había caído a mí. Nada nuevo bajo el sol. Las chicas de administración estaban muy calladas, lo cual era inusual, y cada una centrada en su puesto. Eso sí que era raro.

Volví a mirar la pantalla, donde el cursor parpadeaba alegremente mientras esperaba otra búsqueda satisfactoria que hacer para mí. Debajo de la barra de búsqueda se desplegaban enlaces a páginas sugeridas, según mis últimas búsquedas. De entre el habitual spam y ofertas de viajes a Austria, escogí una entrada sobre Alta Austria. No sabía bien cómo ocupar mi mente.

El artículo describía brevemente la localización del montañoso estado, así como listaba sus cuatro divisiones territoriales tradicionales y sus principales industrias. Recorrí el artículo con desgana, leyéndolo tangencialmente. Estaba sopesando bajar yo mismo a enfrentarme con Astrid, camisa en mano, cuando me topé con algo inesperado. O mejor dicho, algo inesperado me dio en toda la cara.

CAPÍTULO VIII

En cierta medida, encajaba con aquél circo de tres pistas. Resalté el párrafo del artículo y alargué el brazo para alcanzar mi cuaderno. Tomé nota de lo que había leído, intentando que las neuronas no se me sublevaran de todo:

Sobre las gentes que habitan Alta Austria se saben muchas cosas, como su gran honradez y orgullo por la presencia de su capital, Linz. Esta ciudad, importante enclave siderúrgico a lo largo del siglo XX, ha visto cómo poco a poco su peso industrial se aliviaba, convirtiéndose irremediablemente en referente cultural gracias a eventos como Klangwolke, Brucknerfest y Prix Ars Electronica, o el Festival de Cine de Europa, celebrado allí cada año desde 2004. Esto no hizo sino reforzar el fuerte apego de sus ciudadanos hacia su tierra, su cultura y sus raíces.

Sin cerrar el cuaderno ni la página web, cogí el grupo de planos generales que había impreso antes. Un vistazo rápido me confirmó lo que intuitivamente ya sabía.

A mi alrededor, el mundo parecía haberse parado; me había aislado por completo del resto de la oficina. Desde mi sitio podía ver a Dani y a Eva, de DP, hablando animadamente mientras señalaban unos documentos esparcidos sobre la mesa. Por el modo en que se miraban, parecía haber bastante papel en juego. En Administración seguían muy serias y a lo suyo, y los de Marketing estaban todos agrupados en torno a una mesa, seguramente ignorando atentamente a Carlos en una de sus charlas motivacionales de imagen digital. Balle no estaba en su sitio, y ni me había dado cuenta.

Quizá me estuviera precipitando un poco, pero el artículo me había arrojado luz sobre un ángulo esencial del proyecto: no tenía alma. Era un hotel precioso, pero completamente vacío. El cliente había escuchado las presentaciones y observado los bocetos y renderizados, viendo nada más que grandes espacios en una especie de fortaleza del desierto. En el esfuerzo por ser originales e innovadores, nos habíamos pasado de frenada.

No había ningún punto de conexión entre la identidad de los hoteles Weiss y el pastiche que les habíamos presentado; no pegaba. No había rastro que recordara a la nación que había permitido el crecimiento y consolidación del gran imperio de la hostelería.

Con un tecleo rápido obtuve imágenes de varios de sus hoteles más representativos; aunque los edificios variaban mucho en estilo, desde neobarroco hasta torres de acero y cristal, siempre parecía haber una constante, un deje de compostura y buenas maneras transmitido por el elegante emblema del hotel. Quizá estuviera sugestionado por la presión y la indignación del día, pero cada vez estaba más convencido. El cliente nos había pedido una casa para disfrutar de la playa y nosotros le habíamos entregado una amplia covacha en tonos arena.

Minimicé las imágenes y me puse a pensar. La conclusión a la que había llegado era interesante, pero no tenía sentido contársela a nadie. Sólo querían resultados, con lo que una vez más, comencé a organizar mis ideas.

Miré el reloj del ordenador. Quedaban exactamente noventa minutos para el milagro.

• • •

TAL VEZ fuera el tener, por fin, un propósito claro, o el hecho de dejar de autosabotearme con tanto pensamiento negativo; o quizá fuera el café, que por fin se decidió a hacer efecto. El caso es que me olvidé de mi entorno, de mis miedos, de lo injusto de la situación, y por fin me puse trabajar.

Me dejé absorber por lo que necesitaba hacerse, en prioridad, sin dejar espacio a mucho más. Los siguientes tres cuartos de hora fueron una sucesión de tareas solapadas; estudié lo más representativo de doscientos años de arquitectura austríaca en diez minutos, mientras anotaba ideas en mi cuaderno. Visité virtualmente Linz, intentando comprender qué historias contaban edificaciones nuevas como el Musiktheater o la restauración de la Tabakfabrik hasta instituciones consolidadas como la Kaiservilla de sus excelentísimas altezas imperiales. Me pegué una currada de campeonato intentando captar algo de la esencia de tan regio país; hice anotaciones en lápiz sobre el plano en planta de cada nivel del hotel. Mi objetivo era alterar lo menos posible la distribución original, pero lo suficiente como para dar un aire más cercano a los Alpes. Alpes y playa en la misma cama... Mejor no pararse a pensarlo demasiado.

En resumen, que me vine arriba. Llegué incluso a arrancar el 3DGutenberg, sincronizándolo con el SupraCAD. Se me ocurrió la idea de imprimir en 3D un boceto de la planta principal del hotel reestructurada.

Tras pasar varios meses en tomas de requisitos y análisis de pliegos, Rai me puso a hacer maquetas de los proyectos. Desde luego fue un paso en la transición de becario a empleado de jornada parcial, pero me fastidió que sólo me pusieran a recortar poliespán y pintar cartón cuando llevaba tiempo esperando un cambio. Cierto es que me acercaron al diseño y construcción de edificios, pero joder.

En esa época tomé contacto con la dulce bilis de Astrid; los de DP debían trasladarme los bocetos e ideas y evaluar los resultados de las maquetas, bien para tomar como base o para presentar a cliente. No eran mala gente, pero se impacientaban mucho por chorradas como el tono que había escogido para los árboles de la calle o los errores de escala. Recuerdo una vez que casi se arma la de dios entre ellos por papel roca que no representaba correctamente el entorno montañoso de un complejo urbanístico.

El caso es que para modernizar y agilizar el prototipado de diseños (razón oficial) y para acabar con las gilipolleces entre el personal (razón legítima), se adquirieron dos enormes impresoras 3D, las cuales se encontraban en el despacho de Rai.

Al principio todos quedamos impresionados con esos armatostes capaces de imprimir un sofá victoriano en unas pocas horas, e inicialmente se pusieron en el centro de la planta para exhibirlas, y también para fardar (como siempre) ante posibles visitas. Se levantó mucha curiosidad en la oficina, con Rai pululando henchido de satisfacción por todo el edificio.

Se creó un nuevo de procedimiento, por el cual las versiones finales de maquetas serían impresas en 3D, de modo que el cliente pudiera llevarse su idea en el bolsillo. Una idea genial, y mucha gente de DP, Negocio e incluso Marketing se ofrecieron voluntarios a responsabilizarse de la impresión de maquetas, como urracas viendo algo brillante. Una vez pasados los chillidos de excitación, imperó el peso de la lógica: había que aprender a manejarlas, instalar su software, estudiar qué tal se llevaban con los modelos hechos en Supra, etc. Eso desinfló bastante los ánimos.

A mí me parecía una tarea perfecta para los ingenieruchos de las plantas inferiores. Esas mentes cuadriculadas seguramente las pondrían en funcionamiento en cuestión de segundos. Como no podía ser de otra manera, me cayó a mí. Rai me plantó los manuales en mi mesa y me indicó que ponerlas en marcha era prioritario; ése fue mi nombramiento para responsable técnico de impresión 3D. Lo mejor de todo fue ver las caras de alivio y burla entre la anteriormente ansiosa y complaciente multitud.

Total, que tuve que comerme los manuales, el curso de iniciación que traía y montar los armatostes. He de decir que me lo pasé bastante bien, muy a mi pesar. Tardé una semana en ensamblar las dos impresoras, y varios días en conectarlas, montar las placas y los brazos. Luego estuve un mes interactuando con el 3DGutenberg y los manuales de instrucciones a partes iguales, hasta que conseguí entender cómo iba todo aquello de la conversión de archivos .stl y .obj a instrucciones G-code, que básicamente indican al motor de pasos, la cama y la boquilla dónde situarse y cómo comportarse. Era satisfactorio observar cómo un modelo 3D era dividido en capas de material, emitiendo a la vez estimaciones de relleno y tiempo potencial de impresión. Al poco conseguí imprimir un modelo de la casa de Hansel y Grettel, que se colocó en la cocina a modo de decoración.

La cosa dejó de hacer gracia unos días después de que los trastos empezaran a funcionar. Las máquinas emiten muchos ruidos ligeros pero constantes, como el chillido de los motores eléctricos que desplazan a base de impresión o el zumbido de la resistencia que calienta el material. No tardaron en llegar las quejas por parte de Administración, seguidas muy de cerca por Recursos Humanos. Tuve que desmontarlas y erigirlas de nuevo en el despacho de Rai, evitando más revuelo entre el personal. La absurda protección que estableció alrededor de sus preciadas impresoras causó que no se emplearan demasiado, al menos fuera de la quinta planta.

El tiempo se acababa, pero daba justo para imprimir el boceto. Decidí emplear las dos impresoras, creando una maqueta final del tamaño de una mesa baja de café; la idea era imprimir la planta original del hotel y combinarla con la nueva que había creado, resaltando así el contraste entre ambas. Seleccioné densidad ligera y una buena temperatura de trabajo. Me levanté rápido y fui al despacho de Rai a verificar que las máquinas tenían las bobinas de material listas y la posición de inicio que había marcado en el 3DGutenberg. Seleccioné el comando "Inicio" y volví raudo a mi asiento. En el escritorio del ordenador se abrió una ventana que mostraba el avance de cada impresora, capturado a través de una cámara web.

Me tomé el lujo de inclinarme hacia atrás sobre la silla: lo había conseguido. La impresión estaría lista en media hora, y tenía las ideas bastante claras de lo que quería contar a Astrid cuando volviera a remover su pócima.

CAPÍTULO IX

El mundo iba a acabarse; seguramente un misil intercontinental norcoreano se dirigía a Mach 4 hacia nosotros en ese mismo instante. Era eso o que me había golpeado la cabeza y estaba en coma; no había otra explicación.

Me encontraba de pie en el despacho de Astrid, frente a su mesa. La susodicha me miraba con un ¿amago de sonrisa? en sus labios. Balle estaba presente y me acababa de guiñar un ojo mientras discretamente cerraba el puño en señal de victoria. Jorge, el coordinador de DP, había estado muy atento todo el rato, asintiendo con cada punto de las modificaciones.

Justo acababa de terminar mi presentación, dejando esos segundos de silencio cargado hasta que alguien lo rompe, otorgando el veredicto. Las dos maquetas de la planta del hotel estaban delante de mí, ligeramente inclinadas sobre un caballete. No habían quedado muy finas, lo cual es normal teniendo en cuenta el margen con que habían sido impresas, pero parecían haber cumplido su función. La camisa de Astrid me rozaba el cuello y estaba ligeramente húmeda de los nervios. Astrid me miró de arriba a abajo con los brazos apoyados en su mesa, dedos entrelazados, antes de hablar.

– Jano, es una idea excelente. Sobre todo me ha gustado mucho cómo has transmitido el mensaje, buscando la conexión del cliente con el proyecto; creo que está prácticamente listo para enseñárselo a la comisión de Weiss. Sólo tengo un par de comentarios - dijo alzando un dedo, al ver que Jorge se disponía a tomar la palabra.

- Me encanta la idea de ampliar y dar más protagonismo a los jardines laterales, ya que refuerza mucho el diálogo del exterior con las fachadas – continuó Astrid –, aunque quizá no hayas tenido en cuenta que eso implica aumentar la capacidad del sistema de riego, y el consiguiente cambio de fontanería, alojamiento, etc. Por otro lado, ¿por qué los ventanales del paseo principal son tan recargados? Si los incluimos así, lo más seguro es que eso afecte a la distribución de carga de todo el pabellón principal, y eso no es admisible; pero no te preocupes. Estamos aquí para ayudar, y el trabajo de fondo es bueno.

Esto último lo remarcó mientras escribía algo con firmeza en el bloc de notas que tenía delante. La mezcla de alivio e irrealidad porque me estuvieran felicitando hizo que apenas me fijara en los cristales rotos ocultos bajo el suave almohadón de plumas de sus palabras.

Miró su reloj, se levantó de la silla y avanzó hasta delante de su mesa.

- Voy a ir bajando para asegurarme de que está todo listo para la llegada de Rai – anunció, indicándonos que sobrábamos en su despacho.

Cogió su omnipresente maletín y empezó a recopilar todos los planos con anotaciones de la presentación en un tubo.

— Me voy bajando esto. No tardes en bajar, Jano, y no te olvides de traer las maquetas.

¿Estaba... siendo amable? Primero casi había sonreído, y después me había facilitado el trasvase de material a la sala de conferencias. Quizá tendría que haberme ido corriendo a comprar lotería.

Salimos todos del despacho, yo con los caballetes a cuestas, hasta nuestro grupo de mesas. Balle y Jorge se acercaron a curiosear las maquetas a la vez que Astrid se dirigía al ascensor con el tubo de planos en una mano. En la otra llevaba el móvil, que en seguida se llevó al oído. Al pasar a mi lado, me llegó a sonreír y todo, esta vez sin equívocos. Fue raro.

Una vez había puesto las impresoras a trabajar, Astrid se pasó por mi mesa para indicarme que Rai y los de Weiss estaban a punto de llegar; que era hora de ver qué había hecho. Yo estaba mucho más tranquilo de lo que había imaginado, aunque se me aceleró un poco el pulso. Por lo menos no había pegado un respingo con su llegada, como venía siendo habitual.

También me informó de que a la exposición asistirían Jorge, de DP, y Balle, para poder tener constancia del camino por el que se desarrollaría el proyecto. Que quería testigos, vamos, para poder echarme una bronca ejemplar y que quedara claro que la culpa no era de ella. Me temí lo peor cuando, al verme entrar en su despacho con el juego de planos, los caballetes y las dos enormes bases de las maquetas, sacó su mejor cara de yogur agrio.

¿El resultado? Sorprendente. Nunca había visto a Astrid tomando notas tan concentrada, o al menos, no en algo de lo que no fuera a sacar ganancia personal inmediata; incluso asentía al final de las afirmaciones, como reforzando mi progreso. Era perturbador.

Jorge me hizo varias preguntas sobre los estilos en los que me había inspirado para acercar Austria a las playas de Portugal. Debía tener un lustro más que yo, y era sorprendente encontrar a alguien tan reposado y atento bajo las órdenes de Astringencia. Siempre tenía mucha curiosidad por aprender algo nuevo, y se veía que el trabajo le había llamado la atención. Apuntó un par de cosas en su libreta y me pidió que, cuando tuviera un rato, le enseñara los cambios que había hecho en los archivos 3D. Dicho eso, le hizo una seña a Balle y se volvió a su departamento. Me caía bien este tipo; una pena.

- Joder macho, si te dan tres horas más nos presentas el Palacio de Schönbrunn como un todo incluido – bromeó Balle mientras me daba una palmada en la espalda – pensaba que te iba a dar un pasmo cuando entramos todos al despacho y ésta cerró la puerta.
- No sabes lo que me temblaban las canillas; esta camisa podría servir de bayeta – dije entre risas.

El alivio y algún nervio residual me estaban dando unas ganas enormes de reír; Balle no ayudó imitando la cara que se me había quedado cuando le solté la fresca a Astrid pensando que era él. Nos estuvimos divirtiendo un rato, rememorando el desarrollo de lo que llevábamos de día, y la cosa estaba derivando hacia salir a comer fuera cuando me vibró el móvil. Mirar a la pantalla y apagarse la euforia fue todo uno.

El mensaje, de dos palabras, era de Rai: "Sala Graham".

CAPÍTULO X

"**E**n realidad, lo peor ya lo has pasado, y con nota" me dije a mí mismo mientras trasladaba los caballetes al ascensor. Balle había dejado previamente las maquetas, resoplando tan exageradamente al llevarlas que algunos de Marketing giraron la cabeza al verle pasar. El teléfono le volvió a sonar, con lo que me deseó suerte y me dio un abrazo rápido; fue raro, pero ya cuadraba con todo lo que había pasado.

El mensaje de Rai me había dado algo de aprensión, pero en seguida la empujé para fuera. Había sobrevivido a Astrid, con lo que poco más tenía que temer. Hacía mucho tiempo que no me encontraba tan calmado dentro de mi jornada laboral.

La oficina estaba bastante sosegada; se notaba que se acercaba la mitad del día. La mayor parte de la gente se habría ido a comer, bien a la primera planta o fuera. Acomodé bien los caballetes al fondo del ascensor, cogí aire y pulsé el botón de la segunda planta. Tenía claras las ideas, el desarrollo, los cambios, las modificaciones de diseño, pero no me quitaba un deje de aprensión. Debía ser tanto tiempo de práctica.

Las puertas se abrieron, mostrando el pasillo desierto. En un día normal sólo estarían encendidas las luces de las salas en uso, pero hoy parecía que acababa de entrar en un centro comercial; otra estrategia de Rai para impresionar. Salí del ascensor por fascículos, sacando primero las maquetas y luego los caballetes. Los movimientos resonaron en el vestíbulo vacío, proporcionándome cierto sentido de irrealidad.

La Sala Graham se hallaba a la mitad del pasillo. Puse las maquetas sobre los caballetes y recorrí la distancia arrastrándolos suavemente sobre el suelo encerado. No había tiempo que perder. Eso sí, antes de llegar a la puerta apoyé uno de los caballetes en la pared, cargando sólo el otro con más elegancia; ya saldría tras presentarme a por él. Quería que vieran entrar a una joven promesa de la arquitectura, no a un sudado transportista de pianos.

Antes de entrar, respiré profundamente una vez. Cuadré los hombros, me ajusté el caballete e irrumpí en la sala.

La comisión de Weiss estaba formada por dos hombres y una mujer, elegantemente vestidos y sentados con seriedad en el extremo de la gran mesa central. Uno no sabría decir si las caras que tenían eran de aburrimiento o de educado interés. Estaban orientados hacia Rai, quien hablaba en alemán titubeante mientras Astrid ponía a punto el monitor para las presentaciones. El tubo de planos, sin abrir, estaba colocado junto a la mesa. Seguramente los reservaban para entrar en detalle una vez terminada la exposición.

Los tres austríacos se volvieron hacia mí al entrar, haciendo que Rai dejara de hablar y volviera la cabeza también. Su cara se iluminó al verme.

– ¡Jano! Me alegro de que hayas llegado a tiempo – dijo mientras se acercaba a mí – espera, que te ayudo.

Se colocó a mi lado y me murmuró "¿qué tal vas de alemán?"

La pregunta me puso en alerta de nuevo; no hablaba ni papa. Cuatro palabras aisladas y algo de ansiedad es lo único que encontré en mi interior. Le respondí por gestos que mal, esperando una cara de consternación. En vez de eso, Rai me puso una mano en el hombro y, sorprendentemente, me dijo que no me preocupara, que todo iría bien. "Te voy a presentar rápidamente", dijo con ademán de volverse hacia la mesa.

Agarró el caballete y lo colocó con teatralidad al lado del monitor. Miró a los de Weiss y soltó un par de frases en alemán, con mi nombre entre medias. No entendí nada; algo así como "dasisJanounsáquélna" y otra ristra de palabrajos. Los tres me miraron y asintieron con solemnidad; la mujer sonrió levemente.

Yo no sabía bien qué hacer; solté tímidamente un "guten Tag" y sonreí por igual a los tres. Antes de que pudiera volverse más incómoda la situación, le indiqué a Rai que tenía que ir a por el segundo caballete. Salí rápidamente al pasillo; Astrid había conectado el monitor, donde aparecía el logotipo de Sovereign. La presentación estaba a punto de comenzar. Desde fuera se escucharon las voces de los tres austríacos, respondiendo con tono amable a unas preguntas de Rai.

Agarré el caballete y la maqueta, dándome la vuelta con cuidado, para darme de bruces con Rai. No le había oído salir de la sala de reuniones, lo cual era toda una hazaña viniendo de alguien a quien le encantaba hacerse notar. Parecía nervioso.

– Jano, necesito un favor. He intentado dar con Mario varias veces, pero nadie coge el teléfono en la cocina. ¿Te importaría ir y mirar si hay alguien disponible? Yann y Stêfan quieren un té antes de comenzar la exposición.

Era la primera vez que le veía tan preocupado; quizá necesitáramos mucho el contrato con Weiss. Además, no dejé de notar que el cabrón puede ser educado cuando quiere. Mi cara, una vez más, debió proyectar mis intenciones, porque sin dejarme continuar (hay cosas que no cambian), añadió:

– Serán sólo dos minutos; puedo entretenerles sin que se impacienten demasiado. Le diré a Astrid que finja problemas con el archivo y así hacemos tiempo hasta que vuelvas. Ella hará la presentación y luego haremos de intérprete, ya que harán preguntas sobre tu trabajo. Que por cierto, es brillante; sólo lo he visto por encima, pero es una idea de base muy buena. Cuando acabe todo esto, recuérdame que hablemos tú y yo – aseguró mientras me cogía con suavidad el caballete y la maqueta de los brazos.

– Sin problema, Rai – me oí decir. Rai me apretó amistosamente el hombro y se dio la vuelta, entrando con dificultad en la sala Graham.

Me di la vuelta y enfilé hacia el ascensor, casi esperando ver salir elefantes rosas del mismo. Ni en mis sueños eróticos más salvajes habría aparecido Rai siendo amable, pidiéndome favores y tranquilizándome. Mientras recorría el pasillo empecé a pensar que quizá las cosas estuvieran empezando a colocarse en su sitio.

Una voz en mi cabeza me indicó que no soltara vítores tan pronto; el modo en que había recalcado que los de Weiss preguntarían sobre MI trabajo hizo que saltara un testigo luminoso en mi cabeza, en el cual se leía "LAVADA DE MANOS".

Aun así, daba gusto poder respirar un poco de aire puro entre tanto estiércol. Al reconectar con la realidad, me di cuenta de que casi había ido corriendo hasta la cocina.

CAPÍTULO XI

Las luces de la cocina estaban encendidas, pero no había nadie. La cafetera industrial estaba apagada, y el despacho adyacente, donde se encontraba el puesto de Mario, estaba igualmente desolado. Tampoco estaba ninguna de las ayudantes.

Extrañado, volví a asomarme al pasillo; el ala parecía completamente desierta. Me interné de manera vacilante en la penumbra de las salas de reuniones desocupadas, con una ligera sensación de fastidio. La reunión se estaba demorando porque el torpe de Mario no estaba cuando se le necesitaba.

Volví a la cocina y descolgué el teléfono interno, pulsando el botón etiquetado como "Graham". Seguramente interrumpiría un silencio incómodo o una conversación forzada, pero mejor que volver con las manos vacías; hoy más que nunca quería mostrarme como resolutivo y con iniciativa.

Tardaron mucho en cogerlo. Por fin, al sexto tono, respondió Rai con su tono malhumorado de siempre, aunque hablando en voz bastante baja. De fondo se oía una voz hablando en alemán.

– ¿Está ya revisado el presupuesto? Me parece que no le has dedicado el tiempo suficiente. No ha pasado casi nada desde que hablamos – oye, es que ni hola.

Se me ocurrieron mil respuestas sarcásticas a su exabrupto. Era cierto que el personal de sala, Mario y las dos chicas, eran bastante inútiles, pero había que respetar unos mínimos. Decidí responder todo lo neutral que pude.

– Rai, soy Jano. No hay nadie en la cocina - dije cautelosamente - no encuentro a Mario ni a ninguna de sus ayudantes. ¿El té puede esperar al final de la reunión?

Hubo una ligera pausa, en la que Rai registró que no era el destinatario que esperaba. Fue como si otra persona distinta hubiera cogido el auricular. La voz en alemán seguía de fondo.

– Jano, discúlpame. Pensaba que eras Sandra. No, el té no puede esperar; es mejor tenerles todo lo contentos que podamos. De momento, he conseguido distraerles. Sigue buscando a Mario, o prepara tú mismo el té, lo que sea, pero cuanto antes. Quieren Häuslich Grün. Te dejo, que no quiero que sospechen. No vuelvas hasta que lo consigas.

La voz de mujer, que me pareció identificar con la de Astrid, seguía con su perorata ininterrumpida, hasta que la conexión se cortó.

Colgué rápidamente el teléfono. Cambio o no, me tenían hasta los cojones. Lo importante ahora era conseguir el puto té, pero si de verdad Rai pensaba que una taza de agua caliente coloreada iba a conseguirnos un contrato multimillonario, me temo que estaba muy equivocado. Si finalmente hablaba conmigo como había prometido, me propuse decirle algo al respecto.

Respiré hondo y barajé mis opciones. La opción obvia y más rápida era rebuscar por los armarios algo que sonara como el carraspeo que me había soltado por teléfono, aunque me repateaba aparecer con el carrito y servir las bebidas cual azafata. Seguramente Mario estaba rondando por el almacén de la planta de abajo, en medio del marasmo de la hora de comer; no me compensaba llegar a buscarle y que todo el mundo me viera hablando con él. Me incliné por la primera opción, al menos para empezar.

Estuve un rato hurgando en el armario alto etiquetado "Cafés e infusiones", cada vez más nervioso. La cocina estaba hecha un desastre. En el armario había varias marcas de café y té, pero también paquetes de galletas, pastas, especias, bolsas de bollos caducados, e incluso sardinas en conserva. Paradójicamente, en el armario llamado "Desayuno" sólo había latas de refresco y de cerveza; "hay que joderse", pensé amargamente, mientras colocaba todas las cajas de infusiones que había encontrado en el centro de una de las encimeras de la cocina.

El tiempo apremiaba y seguía sin saber cómo resolver la situación. Me volví a asomar al pasillo, por si detectaba algún indicio de alguien aproximándose. Nada.

Tenía ganas de salir corriendo a la planta de abajo y, de encontrar a Mario, traerle a rastras. No tenía ni idea de qué hacer. El cuerpo me pedía llevar cualquiera de las infusiones que había encontrado y centrarme en dar apoyo a la exposición, pero no quería arriesgarme a estropear la situación.

De repente, desperté a la realidad. Sólo era una taza de té, joder. Me di una bofetada mental de espabile y tiré por la calle del sentido común; no tenía ni idea del tipo de infusión, pero sí cultura, memoria y algo de mundo. Y no debía olvidar que mi objetivo era volver cuanto antes a la reunión y centrarme en lo importante.

Mario había mencionado esa mañana que tuvo problemas encontrando el té que esta gente pedía, tal y como estaba yo ahora, pero que era té verde. Primera barrera, superada.

Por otro lado, en Austria suelen gustar los vinos dulces y las bebidas especiadas, además de las consabidas e ingentes cantidades de cerveza. Por tanto, agarré canela, algo de clavo, una botella de anís y azúcar y me puse a trabajar.

Calenté agua en la gran tetera eléctrica, mientras preparaba uno de los carritos con cucharas, platillos y un plato de pastas de las que estaban desperdigadas por el armario. Una vez hirvió el agua, llené una tetera de cerámica y puse dentro varias bolsitas de té verde. Seguidamente añadí un poco de cada especia antes mencionada, hasta que empezó a oler dulzón; finalmente, revolviendo un poco en uno de los cajones encontré unas servilletas de tela con el logotipo de Sovereign bordado, que coloqué de manera muy cursi al lado del servicio de té del carrito.

No encontraba tazas por ningún lado; solamente veía las que estaban sucias y amontonadas en el fregadero. Muy a mi pesar, me arremangué y me dispuse a fregar a mano tres tazas. Abrí el grifo del todo sin pensar y el chorro cayó de lleno en el borde interior de una de las tazas. Gracias al maravilloso funcionamiento de la mecánica de fluidos, el líquido bordeó el interior cóncavo de la taza y salió directo a la parte baja de mi camisa, arrastrando el fondo de café que aún quedaba dentro. El salto hacia atrás y el cierre de grifo no resolvieron la tragedia, ni tampoco la ristra de palabrotas que solté. Aquello mejoraba por instantes. Al menos había sido la camisa de Astrid y no la mía.

Lavé y sequé las tazas rápidamente, sin pensar demasiado en el aspecto que tendría con el manchurrón de café; ya me ocuparía más tarde de ponerle solución a eso. Coloqué las tazas encima de los platillos, con las servilletas bien colocadas en torno a la tetera humeante, y di un paso atrás.

Mi madre estaría muy orgullosa de mí, creo. La imagen final daba muy buen aspecto; no estaba muy cerca de lo que habían pedido, pero daba la impresión de que la empresa se tomaba en serio sus visitas. También contaba con que el estereotipo de cultura germánica fuera cierto y no se atrevieran a decir nada por educación.

Miré el reloj. Con la tontería habían pasado ya más de veinte minutos. Empujé el carrito despacio hacia el pasillo, haciendo tintinear levemente tazas y cubertería. Ya que estaba, agarré un par de botellas de agua fría de la nevera y varios vasos, por si acaso. La regla de la abundancia: llevar muchas cosas para cubrir la ausencia de otras.

Había dejado la cocina hecha un cuadro flamenco, pero no le di mucha importancia. Esperaba que, por una vez, Mario y sus chicas se pusieran a trabajar de verdad.

Salí al pasillo y comencé a avanzar pesadamente hacia el ala norte de nuevo. El movimiento de las ruedas creaba cierto estruendo, que se amplificaba por el pasillo vacío. Aceleré todo lo que pude; esperaba que no estuvieran muy disgustados por el retraso.

CAPÍTULO XII

Tuve que hacer la maniobra de frenada por fases, como un satélite en reentrada. Los nervios por volver cuanto antes a la reunión me habían llevado a imprimir un elevado nivel de inercia en el conjunto yo-carrito del té, y quería evitar a toda costa un descarrilamiento delante de la puerta.

Durante el trayecto, vi mi reflejo en las paredes de cristal de las salas de reuniones. No tenía muy buen aspecto, pero remetiendo la camisa un poco casi no se notaba el derrape de café.

Unos metros antes de llegar, ya a una velocidad bastante decente, oí una ronda de aplausos bastante efusiva. Venían de la Sala Graham. Mierda. Los aplausos sólo se dan al final del espectáculo.

Desde el pasillo se veía a Astrid entre la pantalla y el expositor de planos; su lenguaje corporal indicaba que justo había estado hablando de éstos últimos. Rai estaba delante de los de Weiss, escuchando atentamente a lo que decía la mujer del comité. Aunque la mujer se expresaba con seriedad, tenía un semblante relajado y... satisfecho. Claramente la presentación había tenido lugar hasta hace unos instantes, y ahora empezaba la ronda de preguntas y comentarios. La hora clave.

Una vez más, respiré hondo y terminé de acercarme a la puerta. Este era el momento; seguramente la mayor parte de las preguntas me las dirigirían a mí, ya que había ideado el nuevo concepto base que tendría el buque insignia del proyecto. Por suerte, la barrera idiomática me daría el tiempo suficiente para pensar bien las respuestas. Valoré agenciarme una de las botellas de agua que había traído, ya que la excusa del traguito también da unos nada despreciables segundos adicionales para pensar.

A través de la pared de vidrio, Astrid advirtió mi presencia y se apresuró discretamente a abrirme la puerta. El carro era bastante largo y, como he mencionado antes, no se controlaba muy bien. Astrid abrió la puerta y agarró el extremo delantero del carro sin mirarme. Entre los dos lo fuimos metiendo poco a poco, con la conversación entre la mujer de Weiss y Rai de fondo.

Cuando sólo quedaba mi persona por entrar, Astrid hizo ademán de cerrar la puerta. El gesto me pilló por sorpresa y me eché para atrás; ella me miró a los ojos y me hizo gesto de "espérate un segundo". Me quedé de piedra, completamente desconcertado, en el pasillo desierto, y con la puerta de cristal en los morros.

A través de los ventanales vi cómo Astrid se acercaba discretamente con el carro hasta un lateral y comenzaba a servir los tés. El comité de Weiss seguía pendiente de Rai, que ahora hablaba con el hombre de mediana edad.

No entendía qué estaba pasando. Por el comportamiento de Astrid, entendía que la conversación estaba en un momento delicado, pero no sabía por qué tenía que quedarme fuera. Para no distraer la atención, me retiré fuera del campo de visión de la sala, a unos dos metros de la puerta.

Para no distraer la atención y para que no vieran la cara de tonto que se me había quedado.

Estaba sudado, cansado, y con las pelotas muy hinchadas. Cansado de sus jueguecitos, calles de doble sentido y demás gilipolleces. Era extraño, ya que mi reacción normal sería enfadarme y quizá irrumpir en el despacho con la camisa fuera, para que se viera bien la mancha.

Quizá el depósito estuviera rebosando ya, o tal vez fuera el hecho de que no había tomado nada más que un café desde por la mañana, pero mis preocupaciones empezaron a difuminarse. No tenía sentido dejarme la piel por ellos, si ellos no iban a dar un duro por mí. Mi cabreo inicial fue disipándose, dando lugar a la única conclusión a la que llevaba todo aquello.

A lo lejos se escuchó la campanilla electrónica del ascensor, seguida del ruido metálico de la apertura de puertas. Pasos.

Dos figuras comenzaron a acercarse por el extremo del pasillo. Se trataba de Miguel y Fernando, del departamento Legal. Estos dos personajes grises, ambos de mediana edad y cara permanente de cansancio, no destacaban especialmente en el paisaje social de la compañía. Estar inmersos siempre en la redacción, validación y firma de todos los contratos y documentos de cada proyecto no es que diera para mucha conversación; nunca saludaban, o si lo hacían el resto no nos dábamos ni cuenta. Tampoco es que nos fijáramos mucho.

Ni reconocieron mi presencia, ni llamaron a la puerta de la Sala Graham antes de entrar. Miguel llevaba bajo el brazo una carpeta abultada.

La puerta se volvió a cerrar, pero parecía que lo estuviera viendo en una película. Esa puerta había estado cerrada desde el principio, por mucho que yo me empeñara en verla franqueable.

Volví a reparar en que estaba parado en mitad del pasillo, manchado y con cara de lelo, y eso fue lo que se llevó la palma. Eché a andar hacia el ascensor, pasando por delante de los ventanales de la sala, sin mirar ni de reojo.

La segunda planta seguía desierta, salvando el murmullo de actividad que provenía de la Sala Graham. Por lo que pude atisbar desde el rellano, tampoco había nadie en la cocina. Este hecho se me antojó algo lúgubre; el edificio se parecía más a un museo o a un ministerio que a una institución de arquitectura. Esos largos pasillos, decorados para sugerir originalidad, sólo ofrecían eco. Vacío.

El ascensor me llevó raudo de nuevo a la quinta planta. Las puertas tenían algún rayón, y dos de las bombillas LED del indicador estaban fundidas. Apenas oí la campanilla digital que marcaba mi llegada a destino. Estaba ensimismado mirando la mancha de café en la camisa. La suciedad parecía estar por todas partes.

Al abrirse las puertas, entré en otra dimensión. Los tragaluces no daban abasto con la cantidad de luz que entraba ahora, vertiéndola sobre toda la planta. Definitivamente la tormenta se había largado del todo, haciendo que por fin ese martes de mayo se situara en mayo. Mis compañeros parecían notarlo también, porque reinaba un ambiente muy tranquilo. Se habían juntado muchas cosas agradables: un sol radiante después de mucha lluvia, la cercanía del fin de la jornada laboral y que Rai y Astrid no estaban dando por culo por los alrededores.

Y en ese momento me di cuenta de que no hacía absolutamente nada allí. Me dirigí hacia mi mesa, sonriendo al pasar a los de Marketing y saludando a lo lejos a las chicas de Administración, que no me hicieron ni caso, pero no me importó.

Balle no estaba ya; su puesto estaba recogido y el ordenador apagado. Me acerqué a mi mesa, todavía arrasada con el torrente de actividad previo a la reunión. Menuda pérdida de energía. Encima de los planos con anotaciones, había una nota adhesiva amarilla chillón con las palabras "Espero que haya salido bien. Mañana me cuentas", dejada por Balle. Por su inminente condición de padre, le habían concedido la jornada reducida, con su correspondiente sueldo reducido. Y todos contentos.

Me desplomé sobre el asiento y empecé a recoger las cosas. Doblé los planos y los guardé en la bandeja de papel para reciclar, y después recogí todos los útiles de dibujo y medida. Apagué el ordenador haciendo caso omiso de las advertencias de varios programas, horrorizados porque no guardara mi progreso antes de cerrar cada ventana. Parecía que estuviera recogiendo detrás de un extraño.

Me apoyé en mi mesa pulcramente despejada; me estaba empezando a doler la cabeza. Definitivamente, poco más tenía que hacer allí. Había perdido un año exacto de mi tiempo, creyendo que algún día merecería la pena haber estado a merced de los caprichos de esos dos energúmenos, cuando no paraban de dejar claro que no les interesaba el progreso de nadie salvo el suyo propio. Había estado desempeñando el trabajo de un administrativo con ínfulas. Volví a fijarme en el manchurrón de la camisa, el cual me dio bastante asco. Cogí mi camisa de la cajonera, que había doblado con cuidado antes de mi exposición, y me dirigí al baño. Nadie levantó la vista al verme pasar.

Eché el cerrojo detrás de mí y me quité la camisa urticante de Astrid sin miramientos. Una de las costuras crujió, y creo que saltó algún botón de la parte inferior, lo cual me produjo una efímera satisfacción. La hice una pelota y la tiré a la papelera, mientras me aseaba un poco y me ponía mi propia camisa con calma. Me empezaba a sentir mejor.

Era el fin. El fin de los días largos sin hacer nada, de las reuniones en vilo esperando un marrón o una hecatombe, el fin de esperar un cambio de una situación inmutable. El fin del miedo a perder un tren que jamás tuvo parada en esta estación.

A este ritmo, raro era que no hubiera empezado a asociar la arquitectura, mi pasión, gran parte de lo que me definía, con los ultrajes a la misma que veía a diario. Antes de que me corrompieran del todo, tenía que marcharme de allí. No podía permitirlo. Sí, la situación ahí fuera no estaba bien. Sí, sobraban arquitectos en el mercado laboral. No, lo más seguro es que no encontrara nada razonable en mucho tiempo, pero era superior a mí. En ese momento estaba dispuesto a fregar escaleras o a freír hamburguesas para no mancharme más de Sovereign Architecture.

Salí del baño y me puse la chaqueta. Aún no era la hora de salida, pero no veía el sentido a quedarme más, como llevaba haciendo demasiado tiempo. Deseé buenas tardes a todo el mundo y me di la vuelta hacia la salida. Me pareció percibir alguna cara sorprendida, pero nadie quiso indagar más al respecto.

Mañana, a primera hora, presentaría mi dimisión inmediata. Allí no había nada para mí, ni para nadie, pero el resto no se habían enterado aún.

CAPÍTULO XIII

Hacía una tarde estupenda. Los árboles de la calle Luque lucían verdes y frondosos tras la lluvia, y grandes nubes blancas adornaban un cielo azul intenso. A lo lejos, los rascacielos del centro devolvían el brillo del sol como si hubieran sido bruñidos a conciencia.

Estaba harto de tanto ascensor, con lo que escogí bajar por las escaleras. Bajar andando también reducía las posibilidades de cruzarme con alguien. Todo ventajas.

En el vestíbulo había cierto trasiego que me permitió pasar inadvertido. Mantuve la vista fija en las puertas de cristal y crucé la estancia con paso firme. Nadie pareció reparar en mí.

Casi no me acordaba de que estaba sin comer; la sensación de estar fuera de ese edificio era embriagadora. Olía a los rosales de los lados del jardín y a tierra mojada, y todo tenía aspecto de renovado. No parecía haber mucho tráfico; normal, estando aún lejos la hora punta de salida. Terminé de recorrer el camino del jardín de Sovereign, sin darme la vuelta, y enfilé hacia la parada del tranvía.

No sabía qué iba a ser de mí, pero en ese momento me sentía libre. Libre de tener que obedecer chorradas, esperando que estas condujeran a una oportunidad. Libre de aguantar arias de ego con buena cara sabiéndolas crónica de un fracaso anunciado. Sí, no sabía cómo pagaría el alquiler del mes siguiente, pero en aquel momento estaba borracho de alivio.

Allí no se me veía bien, pero yo sabía que valía para esto. Un año buscando un pomo para una puerta que no existía; menudo desperdicio de tiempo. Ya encontraría el modo de recuperarlo, empezando por irme echando leches de Sovereign. ¿Quién sabe? Hasta podría empezar mi propia firma. Alejandro Fatuo, Arquitectos. O Rai-mira-cómo-se-hacen-las-cosas-bien Arquitectos. Tenía gancho comercial.

Hasta sonreí al escuchar el chirrido del 37 al tomar la curva, siempre tan puntual y diligente.

Me palpé los bolsillos por costumbre, pasando revista, y me paré en seco en la acera. Vi al tranvía detenerse en la parada a lo lejos, abriendo las puertas, llamándome para huir de allí, pero se tendría que marchar sin mí. Me había dejado la cartera con el abono y todo medio de pago disponible en la cajonera, en mi mesa. Tenía que volver a mi puesto a por ello. O eso, o echar una buena caminata hasta casa.

El tranvía tocó dos veces la campana y cerró las puertas. Me di la vuelta mientras lo oía alejarse hacia mi casa, dejándome bastante jodido de tener que volver a ese antro de gaznápiros. Decidí no ahuyentar los buenos pensamientos que había estado experimentando y tirar con decisión. Era muy fácil, joder. Subir, coger la cartera y salir por piernas. Nadie diría ni vería nada, como siempre.

Volví a girar la esquina y me interné en el jardín de nuevo. Con cada paso que daba aumentaba la sensación de fastidio por tener que volver. Metí el pie en un charco sin darme cuenta; palabrotas mientras notaba cómo el pie se me empapaba por segunda vez.

A unos veinte metros de mí, las puertas automáticas de la entrada principal se abrieron. Tres personas salieron con paso tranquilo, charlando animadamente entre ellos. Mierda, y más mierda. Eran los de Weiss. No sabía dónde meterme, no sabía si Rai estaría cerca. La mujer caminaba en el lateral, consultando su agenda electrónica, ausente a la conversación de los otros dos. Ella me dio la inspiración de sacar mi teléfono y consultarlo con cara de desidia, mientras me dirigía con decisión hacia la puerta principal.

Cuando llegué a su altura, levanté la vista para saludarles, inútilmente; no repararon en mi presencia. Siguieron andando hacia la calle y ya está. Qué iluso había sido. Claro que no se acordaban de mí. Apenas habíamos coincidido quince segundos. Lo que ellos no sabían es que la fuente de ideas del proyecto se marchaba. La perspectiva de que el proyecto del complejo Lido se cayera por mi ausencia me proporcionó algo de placer, suficiente como para continuar mi camino. Me interné en el edificio sin limpiarme las suelas mojadas y sucias de barro en el amplio felpudo de bienvenida.

El objetivo estaba claro: subir rápidamente, coger la cartera y el almuerzo y volver a salir tan rápido como el desplome de la bolsa. No había que mirar a nadie a los ojos ni dar pie a conversaciones.

El atrio seguía con cierto bullicio. Un señor malhumorado miraba impacientemente el reloj junto al estanque, mientras Isabel atendía a un par de visitas en el mostrador de recepción. Me dirigí sin bajar la velocidad hacia el ascensor, intentando que el amplio margen que le estaba dando a Isa no se notara demasiado. Subir, coger la cartera y salir pitando.

Las dos personas que estaban con Isabel, dos hombres trajeados, terminaron de firmar el libro de visitas y se dieron la vuelta, sin despedirse. Isabel borró la sonrisa profesional en cuanto se alejaron, reemplazándola por otra de cansancio. Tratar con gilipollas es lo que tiene.

Estaba alargando el brazo para colocar el dedo índice en el lector de huellas cuando mi invisibilidad se evaporó.

– ¡Hola Jano! ¿Qué tal estás? ¿Volviendo de comer? Buf, no te haces a la idea del día que llevo... Tanta lluvia debe hacer que los maleducados salgan por todas partes, como las setas, porque si no, no me lo explico – dijo Isa, vuelta hacia mí mientras guardaba el registro de visitas.

Si ella supiera el día que llevaba yo... Estaba intentando dar una respuesta rápida y completa, de esas que dejan claro que no quieres que te molesten, cuando se le iluminó la cara.

– Por cierto, ¿qué tal ha ido la visita de los de Weiss? Han estado hace nada aquí abajo Astrid y Rai, despidiéndose, y parecían muy contentos. ¿Tienes algún cotilleo que pasarme? – preguntó y me guiñó un ojo pícaramente.

Me resigné a mantener una conversación llena de vaguedades para resolver cuanto antes.

– Hola Isa. No sé cuál ha sido el resultado final; he salido antes de que terminara. Si me entero de algo te cuento – contesté, validando mi huella. La flecha de descenso del ascensor se iluminó.

La centralita emitió un tono intermitente. Isa levantó la mano en gesto de "dame un segundo" y contestó al teléfono. Me volví hacia el ascensor; aún no había llegado. Según el indicador, se encontraba parado en la tercera planta. Venga, vamos.

– Sí, justo acaba de llegar. Ahora mismo te lo mando, no te preocupes. Hasta ahora, Rai – oí decir a Isabel a mis espaldas.

La frase fue como si me cayera un líquido frío por la espalda. Me volví para ver a Isabel, quien estaba colgando el teléfono interno. Toneladas de mierda.

– Jano, era Rai. Está reunido con los de Cálculo en la tercera planta; al parecer, llevan buscándote un rato. Me ha dicho que te subas cuanto antes para allá.

La cara con la que lo dijo no me estaba gustando un pelo. El ascensor tintineó a mis espaldas, abriendo sus puertas.

Iba a preguntarle algo cuando el señor malhumorado se acercó al mostrador, poniendo una mano sobre el mismo.

– Oiga, ¿puede atender de una vez? Llevo esperando más de seis minutos.

Dejé a Isabel con el marrón, sin responder ni despedirme. Me había caído demasiado en ese momento como para andarme con fruslerías. Las puertas se cerraron; había marcado automáticamente el botón del quinto piso, como cada mañana.

Se me habían puesto los pelos de punta. No pensaba ir a esa reunión, ni de lejos. No sé qué quería Rai esta vez, o bueno, sí lo sabía pero no quería pasar por el aro. No estaba dispuesto a que me exprimieran más; ni de coña. Subiría a mi mesa, cogería mis cosas y pies para qué os quiero. Quizá hasta me llevara alguna de las revistas técnicas para ojearlas en el tranvía, ya que estaba.

Contuve la respiración desde que el ascensor dejó la segunda planta hasta dejé atrás la tercera. Con el historial que llevaba ese día, no me hubiera extrañado que el ascensor se parara en la tercera para dejar subir al propio Rai.

La sobradamente familiar campanilla sonó, precediendo a la apertura de puertas. La luz entraba a raudales por las claraboyas, aunque tal vez con un tono más apagado que antes, haciendo palidecer las luces arrojadas por flexos y lámparas. Arranqué a andar tratando de no cruzar la mirada con nadie.

Había bastante jaleo, sorprendente para justo después de la hora de la comida. Tres personas charlaban tranquilamente en el coffee corner, haciendo caso omiso de los letreros amenazantes sobre las molestias que podrían estar causando.

Todo el mundo parecía estar bastante ocupado. La gente de GN estaba o atendiendo videoconferencias, inmersos en sus pantallas y auriculares, o tecleando furiosamente. Las "chicas" de Administración por una vez no estaban rajando entre ellas, y desde mi posición parecía que hasta tenían cosas relacionadas con el trabajo en las pantallas. Los de Marketing estaban jugando con unos conceptos sobre una pizarra, tratando de hacer funcionar alguna de sus inútiles campañas de visibilidad o alguna de esas memeces.

Una vez más, nadie pareció reparar en mí. Me acerqué a mi puesto, vacío, recogido y desierto. Los despachos de Rai y Astrid estaban con las luces encendidas, pero ni rastro de ellos. Me centré en mi tarea: coger la cartera y salir pitando. Se me olvidaba también la bolsa de la comida, que no tenía mucha utilidad ya, pero la cogí de todas maneras.

A mi alrededor todos estaban enfrascados en sus cosas. Y yo manteniendo la vista baja para que nadie me dirigiera ni una palabra... No sé de dónde había salido este complejo de Greta Garbo. Me recordé de nuevo que yo no era nadie para esta gente. Miré mi mesa y me di cuenta de que no había nada personal que lo identificara como mío; ni una foto, planta o decoración que la marcara como mía. Quizá lo ordenado que estaba todo fuera mi seña de identidad, pero aun así, no había nada. Subconscientemente sabía que nunca había pertenecido a ese equipo.

Darme cuenta de ese detalle me hizo ver que no quería estar más allí; no quería volver. Y no, no me estoy repitiendo. No quería volver ni al día siguiente. Me daba demasiado asco.

Comprobé que estaba todo en orden en la cartera y me la guardé, agarrando después la bolsa de la comida. Me encaminé hacia el ascensor. Eché un vistazo rápido por encima del hombro, con intención de decir adiós si alguien levantaba la vista, sin novedad.

Supe que jamás volvería a pisar ese suelo, ni a ver esas paredes, ni nada más. Llamé al ascensor y esperé pacientemente a que llegara, saboreando la paz que de nuevo me inundaba. Había recuperado mi libertad a pesar de estar otra vez en la cueva del lobo.

El ascensor llegó y las puertas se abrieron suavemente; nada podría pararme ya. Entré en la cabina y pulsé el botón de la tercera planta.

CAPÍTULO XIV

Sí, lo has leído bien. Había decidido ponerle fin ahí mismo. Nada de esperar al día siguiente; iba a presentar mi dimisión en ese mismo momento. No quería perder ni un segundo más.

Las puertas del ascensor se abrieron, mostrando un largo corredor. La tercera planta era la única de todo el edificio que había renunciado al concepto abierto. Dado que el número de personas que trabajaban allí era menor que en otros pisos, una parte de la estancia se empleaba como almacén general. Los diseños preliminares de la quinta cobraban vida aquí, donde se aproximaban todo lo posible a la realidad antes de llegar a la obra.

Seguramente Rai no quiso (o no supo) cambiar el modelo tradicional de gestión del estudio, heredado de su padre. A día de hoy era mucho más común (y barato) subcontratar el cálculo de estructuras de los diseños planteados a firmas de ingeniería especializadas, quitando así el coste de tener ingenieros y aparejadores en plantilla. Pero no, en Sovereign no. Aquí tenían hasta despachos propios.

No me malinterpretes; el trabajo que hacían era bueno, rápido y eficiente. El problema estaba en que yo no creía que las cuentas del estudio se lo pudieran permitir y me frustraba, pero bueno, una más.

Avancé por el pasillo desierto hasta llegar a una puerta cerrada, marcada con el letrero "Ingeniería". Dentro se oían voces más o menos airadas. Me alegré de comprobar que no estaba nada nervioso; mi decisión me había dado combustible para rematar la faena. Llamé dos veces a la puerta y entré sin esperar respuesta.

Aunque en la tercera no había tragaluces, el sol entraba descaradamente por los ventanales e inundaba de claridad toda la estancia. Las persianas fotosensibles estaban activadas, evitando que la luz deslumbrara al personal a lo largo de su jornada. Era muy agradable, y la climatización lo complementaba estupendamente.

Esta estancia de la tercera contenía los puestos de trabajo para aparejadores e ingenieros. El jefe del cálculo de estructuras, Jose Antonio, tenía un despacho acristalado similar al de Rai en la esquina del fondo. Desde mi posición se podía distinguir su mesa abarrotada de papeles viejos y los carteles de la pared medio caídos. El ventanal lo tenía también cubierto de esquemas y fotografías.

Delante del despacho estaban los puestos de dos aparejadores y otro ingeniero, todos bajo las órdenes de Jose Antonio. No me sabía bien los nombres de todos ellos; sólo les conocía un poco de vista. En ese momento sólo estaban en su puesto Sergi, el ingeniero junior, y creo que Dennis, uno de los aparejadores. Por lo que había ido viendo, ambos evitaban bajar a comer a la hora del resto de empleados y casi nunca se les veía tomando un respiro para el café por la cocina. Ninguno de los dos levantó la vista a mi llegada.

La zona de entrada se distinguía del área de trabajo por la presencia de una pared falsa que hacía las veces de pizarra, y junto a esta, una mesa redonda de reuniones. En esta mesa estaban sentados Rai, Jose Antonio,

Jorge (jefe de Diseño Preliminar) y Satur, el responsable de Delineación, inclinados sobre la mesa abarrotada de planos y documentos. Jose Antonio no tenía muy buena cara.

Mi entrada no les perturbó mucho. Rai levantó la vista mientras hablaba y la volvió a centrar en el plano que estaba señalando, sin inmutarse. Jorge me hizo un gesto de saludo y el resto siguieron impávidos con lo que estaban haciendo.

Le daría al asunto cinco minutos exactos, según el reloj digital situado en la parte alta de la pizarra. Si para entonces no me daba audiencia su Graciosa Excremencia, presentaría mi dimisión por correo electrónico. Como ya he dicho, no estaba dispuesto a regalarles ni un segundo más de mi inestimable tiempo.

Estaban muy concentrados, poniendo anotaciones en varios planos. Jorge tenía en la mano un grueso documento encuadernado, que consultaba con cada comentario de Rai, y Jose Antonio seguía con la cara de disgusto. Satur se limitaba a anotar en un cuaderno.

Tras treinta segundos escuchando su conversación, me di cuenta de que estaban hablando del Lido. No sólo del Lido, sino de las modificaciones que habría que hacer del mismo. Mis modificaciones. A pesar del cabreo, no pude evitar un deje de orgullo. Si estaban hablando de cómo incorporar mis modificaciones a los planos generales es que a los de Weiss les había encajado. Yo ya sabía que el trabajo de base era bueno, chapucero, pero bueno. Una pena que ya no fuera a ver el final de esta historia.

Jose Antonio soltó los lobos. No estaba dispuesto a aceptar lo que él llamaba "retoques cursis" que le obligarían a rehacer el cálculo estructural de casi todo el edificio, por no mencionar la revisión de cimentaciones. Quizá tuvieran que colocar una zapata adicional para repartir bien la carga suplementaria, aunque a mí me traía sin cuidado. Quedaban dos minutos para que le diera un portazo en toda la cara a Sovereign Architecture.

Entre Jorge y Satur consiguieron aplacar a Jose Antonio, asegurándole que en ese momento solo estaban en una reunión informativa sobre la carga de trabajo. Jose Antonio se relajó un poco, aunque siguió con cara de fastidio.

Saturnino nunca cambiaba de cara. A él lo que le importaba era que le dejaran en paz. ¿Que había que rehacer todos los planos? Sin problema. Eso sí, nunca le verás llegar antes de su hora o salir dos minutos más tarde de su horario. El trabajo lo entregaba, sí, pero hecho sin mimo. Creo que fue una de las razones por las que mi propuesta de procedimiento de estilo fue rechazada de plano; ni Rai tenía paciencia para tratar con él.

Parecía que la reunión llegaba a su fin. Rai concluyó que tuvieran en mente las modificaciones iniciales al diseño original, que el proyecto arrancaría en breve. Se pusieron todos en pie. Jose Antonio se fue sin despedirse, seguido de Jorge. Ambos se metieron en el despacho del primero, donde reanudaron su conversación. Jorge y Jose Antonio debían ponerse de acuerdo en cómo proceder, ya que el trabajo ambos estaba irremediablemente entrelazado.

Satur se despidió cortésmente y se dirigió a la puerta con el paso tranquilo que nos ponía a todos tan nerviosos. Un buen despido le sentaría de maravilla a ese aire pachorro de suficiencia. Tampoco saludó al pasar a mi lado.

Cuatro minutos, treinta y dos segundos. Por qué poquito. Rai se volvió a sentar mientras se masajeaba las sienes. No me había dicho nada, pero yo me acerqué a la mesa y dejé la bolsa de la comida encima. Vi que los planos del Lido estaban surcados de anotaciones e interrogantes rodeando algunas de mis modificaciones.

— Hola, chaval. Te he estado buscando. Toma asiento, anda.

¿Chaval? Me lo estaba poniendo fácil. Me senté justo enfrente de él. Noté cierta sensación de déjà vu de mi entrevista de selección, lo cual casi me hizo reír. El ciclo se cerraba. Rai apoyó los codos en la mesa, entrelazó los dedos y me miró directamente.

— No te voy a engañar; se nos avecinan semanas duras. El estudio no está en su mejor época y tenemos que pensar en su integridad y en futuro. Es por ello que necesito asegurarme de que todo el que trabaja para mí está realmente alineado con los objetivos; no hay sitio para rémoras en este barco.

Espérate, que todavía me despide. Viéndolo desde el tedio era casi cómico. Si me echaban, casi que mejor. Procuré mantener una expresión neutra. No pensaba darle nada más que las gracias por la oportunidad, la mano y hasta luego.

– Hoy has hecho un gran trabajo, Jano, pero no es suficiente. El caso es que nos ayudarías mucho si aportaras más ideas de valor como las de hoy. Demostrarías que realmente quieres formar parte del proyecto Sovereign.

Se me subió la sangre a las orejas. No es que me hubiera pillado con la guardia baja; la guardia entera se estaba tomando una café al otro lado de la ciudad.

– Necesito que colabores en afinar las modificaciones del complejo Lido – continuó Rai – los de Weiss han quedado muy satisfechos con el cambio de perspectiva que le hemos dado al asunto. Estos días voy a hablar con Jorge para tener reuniones semanales de avance, de modo que el proyecto esté listo cuanto antes. Los de Weiss han quedado en firmar un preacuerdo de contratación si dentro de seis semanas les presentamos algo que les guste tanto o más que lo de hoy.

Siguió un silencio prolongado. Toda mi energía estaba desviada a mantener mi cara en posición neutra. Rai se rio entre dientes y puso las manos sobre la mesa.

– Bueno chico, ¿no tienes nada que decir? Tanto que nos diste la murga para trabajar en más cosas, y aquí lo tienes. ¿Qué me dices? ¿Te ves dispuesto a meterte en el cisco?

Todas mis ideas, mi principio de discurso, mi salida digna del edificio... Todo se desparramó por el suelo. La idea de libertad y horizontes abiertos empezaba a nublarse y perder foco. Se me estaba ofreciendo la oportunidad de trabajar de asesor de diseño en un proyecto grande, un proyecto que había sido resucitado gracias a mi aportación. Era demasiado que procesar en tan sólo unos segundos.

Rai seguía a la expectativa. Yo estaba entre el cielo y el infierno.

– Por supuesto Rai, estoy con vosotros. ¿Cómo empezamos a meterle mano?

Rai sonrió y me tendió la mano por encima de la mesa; cuando se la estreché, mantuvo la firmeza y fuerza, un digno apretón de manos. Encuentros en la tercera planta.

Al final no salí pronto ese día, y hasta volví a pisar Sovereign el resto de la semana. Eso sí, esta vez, trabajando de verdad.

CAPÍTULO XV

Vale, vale, sé lo que estás pensando. Puedes llamarme vendido, chaquetero, tiralevitas o cualquier sinónimo que se te antoje; me la bufa. Tendrías que experimentar el mismo grado de frustración que había estado comiéndome el último año, rodeado de pichaflojas y arpías, para poder juzgarme con conocimiento de causa justo.

Todo eso que te ha cruzado por la mente lo estuve meditando en el tranvía de vuelta a casa, lo cual es un logro, sabiendo el respetable dolor de cabeza que me acompañaba.

Era la primera vez que tomaba el 37 tan tarde. Las farolas estaban comenzando a encenderse antes de llegar a mi parada, y el vagón iba completamente vacío, salvo por una señora sentada al fondo. Las nubes de por la mañana se habían desparramado por todo el cielo, reflejando los tonos rosas y dorados del atardecer. Quizá fuera la euforia o directamente fiebre, pero era precioso.

Aquella tarde rompió brutalmente con mi lenta, predecible y espesa rutina cotidiana. Después del aborto de dimisión tenía todas las intenciones de largarme a casa, a descansar un poco de tanta telenovela. Rai no me dejó; insistió en que fuéramos a comer juntos, incluyendo en el paquete a Astrid y a Jorge.

De nada valió mi reticente alusión a la bolsa de comida que arrastraba conmigo. De repente me vi en el restaurante Lorne, caro y convenientemente cerca del estudio. No me lo podía permitir, pero tampoco pensaba pagar mi parte. Nadie había dicho nada de invitar, y en caso de que hubiera que pagar a pachas no me iba a cortar un pelo.

¿Lo peor de todo? La fauna, concretamente una comida de dos horas entre Astrid y Rai. Menos mal que estaba Jorge también; a dios gracias la conversación fue mayoritariamente sobre el estudio y el proyecto de Weiss, aunque hubo algún desvío. No se me pasaron ciertas miradas entre Rai y Astrid, que no se cortaban ni un pelo aun teniéndome en medio.

Los muy cabrones hasta podían ser divertidos. Cayeron dos botellas de vino, de las cuales decidí no probar mucho. Mantuve mi copa lo suficientemente llena como para que no levantara sospechas, a la vez que alternaba con agua. En el momento estrella, Rai, con la cara colorada y copa en mano, se puso a imitar a uno de los del comité de Weiss. Creo que era el tal Steffan. Jorge no podía parar de reír, y Astrid intentó calmar un poco los ánimos preguntándome por mi vida y mi trayectoria. Que dónde vivía, que si tenía novia, etc. Zorra.

Los límites surrealistas siguieron ampliándose a lo largo de la tarde; no trabajé nada. Sí, lo que lees. Podría haber grabado una cinta y haberla reproducido a lo largo de las tres reuniones que se celebraron después. Estuve haciendo de apuntador a Rai, rellenando los huecos de lo que no recordaba de mis modificaciones, delante de Generación, Operaciones y de nuevo en Ingeniería. Astrid se plantó entre el público con los de GN, mostrándose exageradamente encantada ante las noticias, la eterna actriz de opereta.

Eso sí, aproveché para resolver bien el crucigrama, aunque fuera únicamente para tener el esquema de la situación claro. Según le habían mencionado a Rai, el cambio de parecer de Weiss se debía a reestructuraciones en la dirección estratégica del imperio hotelero. Se había aprovechado la mala situación financiera para eliminar a indeseables, y como resultado se habían recuperado proyectos hasta ahora apartados. Lo de que habían decidido reconsiderar nuestra propuesta era pura fachada.

Tras eso, nos citaron a una nueva reunión al día siguiente a las ocho y media, para empezar a distribuir la carga de trabajo y arrancar cuanto antes. Ahora que estaba todo el mundo informado, no había tiempo que perder. Rai y Astrid me desearon amablemente buena tarde cuando finalmente pude zafarme sin dar el cante.

Volviendo a mi tranquilo asiento en el fiable y raudo 37, no pude sino empezar a reír. Me empecé a reír tan fuerte que la señora del otro extremo del vagón se mudó de asiento, alarmada.

Las lágrimas acompañaron a las carcajadas, desbordando los párpados y surcándome las mejillas. Me reía de la estulticia de jornada laboral que había vivido, de los personajes que la habían representado y de las dos semanas que parecían haber pasado desde esa misma mañana. El alivio me hacía cosquillas, empujándome de nuevo a la hilaridad. Me iban a hacer fijo, con un buen cambio en las condiciones, según me habían dicho Astrid y Rai antes de irme.

Pero sobretodo me reía de la vida y de las vueltas que da, a falta de encontrar una frase más manoseada. Cuando por fin reúno el valor de renunciar a un imposible, en toda la cara me dan lo que merezco. Era completamente inesperado y a la vez guionizado, justo como tenía que pasar.

Lo más gracioso es que yo iba a formar parte de esa tropa de locos con aires, y ahí no quedaba todo. Me moría de ganas por empezar.

CAPÍTULO XVI

Aún recuerdo esa noche, antes de que todo empezara, cuando llamé a mi madre para hacerle un resumen. La mujer no cabía en sí de orgullo; estuvimos hablando del cambio de trayectoria que supondría para mí formar parte del liderazgo del proyecto, y también poniendo un poco a caldo a la gente del estudio, cómo no. Mamá, siempre has estado ahí por mí.

Hasta conseguí que no me molestaran las simplezas de mi compañero de piso. Cené lo que me encontré por la nevera y me metí en la cama, deseoso de que llegara la mañana siguiente. Sorprendentemente me dormí a la primera. Estaba exhausto.

Las siguientes tres semanas pasaron como una exhalación. Además del torrente de trabajo que me cayó encima, el esquema de mi jornada laboral mutó radicalmente; parecía que hubiera entrado en una empresa nueva.

Sin detenerme en detalles, el renovado interés de Weiss por la propuesta de nuestra firma supuso tres cambios significativos: uno para el estudio, y dos para el menda.

Tal y como me había olido, hacía tiempo que Sovereign no hacía construcción original. Este hecho no era raro teniendo en cuenta el panorama financiero, y las aspiraciones de Sovereign eran muy altas. Demasiado altas quizá. ¿Resultado? Rai lo declaró como prioridad-número-uno-esencial-todos-a-por-ello, provocando que gran parte de la oficina se volcara con un exceso de entusiasmo repugnante.

En las "pausas" para el café (de casi una hora) no se hablaba de otra cosa; los esenciales proyectos de Generación de Negocio, esos tan importantes que nunca llegaban a materializarse, se aplazaron, y muchos listos quisieron subir a bordo en marcha. El pobre Alberto, de Marketing, se llevó una buena bronca cuando se intentó inmiscuir en la reunión de renovación de imagen para el complejo Lido.

Mi puesto dejó de formar parte del mobiliario de la sala, convirtiéndose en un lugar transitado; me venían a recoger para reuniones, a pedir información e incluso con algún croquis en mano, a confirmar ideas. Me trataban como una extensión de Rai, pero hasta eso lo vi como un avance.

Inicialmente no estaba tan mal, visto que Rai no solía llegar muy pronto, hasta que empecé a encontrármelo a primera hora ya en su puesto. Una de dos, o realmente estaba muy comprometido con Weiss o se había propuesto tocarme los huevos de manera intensiva.

Por otro lado, conocí, interactué y trabajé con casi todo el equipo de diseño y desarrollo. Es curioso que en pocas semanas tratara con más personas que en los últimos ocho meses. Se crearon cuatro grupos de trabajo con tareas y plazos de entrega, poniéndome en copia de todas las notificaciones y avances de los mismos. El día que menos correos tuve sin leer al llegar a la oficina rozaba la media centena.

Por no hablar del teléfono "de empresa", uno viejo pero funcional que tenían en un cajón. Rai y Astrid me tenían hasta los mismísimos. Si no estaba físicamente con uno de ellos, el otro me llamaba para consultarme los detalles más aleatorios, hasta bien entrada la noche. Que si el retranqueo de tal linde, que si una parte de los bocetos de volúmenes... Poco les importaba que me hubiera incorporado al proyecto hace, como quien dice, cinco minutos.

Las primeras veces me irritaba bastante, ya que no veía razón de tal acoso, hasta que junté dos y dos y vi que me estaban tratando como delegado técnico. Estaban confiando en mí, en mi criterio y en mi capacidad para dar seguimiento a la producción de los equipos. Me regañé un poco por hacer el idiota y establecí un sistema para recopilar información de los grupos, de modo que siempre tuviera la última información disponible. También acostumbré a pasar una vez al día por cada departamento, teniendo así datos de primera mano sobre cómo se desarrollaba todo.

Y es que la cantidad de trabajo era desmesurada. Lo que se buscaba era incorporar cambios en el complejo de acuerdo al tono de mis modificaciones, que de primeras parecía bastante simplonas, pero no lo eran. Devolver el proyecto a la percepción del cliente supuso reubicar espacios y concepciones, desdibujando un poco el protagonismo al mar y al entorno que se le dio en su momento. El edificio en sí no variaba sustancialmente, pero modificar el concepto de base supuso, prácticamente, rehacerlo entero.

Por una vez Generación hizo bien su trabajo e investigó el origen del grupo hotelero, estudiando bien su historia y sus estándares de servicio, principal tipo de clientela, y demás asuntos que deberían haber sido atendidos debidamente hace meses. El principal objetivo era conseguir que un hotel de costa se sintiera como una extensión de cualquier establecimiento del grupo, natural y fluida.

Me leí por encima el resumen del dossier, mientras lo presentaban en la reunión, y quedé gratamente impresionado. El propio huésped se convertiría en protagonista tras atravesar la puerta, sin sentirse expuesto irremediablemente al océano o irónicamente encerrado en una zona de grandes espacios, sol y mar. La gestión de las estancias fue rápida, inteligente, e incluso diría que elegante. Que conste en acta que no me reconozco al decir esto; parecía que por fin se estaba empezando a generar trabajo de calidad y con cierto sentido.

Los espacios vegetales también fueron redistribuidos, de manera que las servidumbres de agua y drenaje tuvieron que ser modificadas, y por tanto sus alojamientos y conducciones. El paisajista propuso una astuta combinación de plantas locales y propias de Austria, que milagrosamente no se mataban unas a otras. Era muy curioso ver abetos, robles y hayas creciendo junto a árboles frutales, el punto exótico que daba frescor al complejo.

Resumiendo, que casi no tuve tiempo para reflexionar sobre lo que estaba haciendo o valorar los intercambios con cada persona. Estaba completamente entregado a la causa, y quizá lo más cercano que he estado a la felicidad en los últimos tiempos. Sentía que estaba donde tenía que estar, sacando lo mejor de cada equipo, y exponiendo un poco a los inútiles; no pude resistirme. Me consideraba un buen líder para el proyecto, estando por fin al timón. Incluso le pedí el número a Sandra, quien se rio bastante pero acabó dándomelo.

De no haberme dejado dominar por el entusiasmo, me habría dado cuenta de que algo chirriaba.

CAPÍTULO XVII

Como he dicho antes, las primeras semanas fueron maravillosamente intensas. Estaba completamente embriagado por la responsabilidad del proyecto, y tanto Rai como Astrid solo tenían comentarios positivos a mi gestión. Estaba completamente cegado.

Pasada esa oleada inicial, los equipos tenían bien interiorizada la nueva versión del Complejo. Generación se había encargado de transmitirlo reiterada y concienzudamente en varias reuniones, con lo que la maquinaria estaba bien engrasada. Las reestructuraciones pasaron de ideas a bocetos, de bocetos a cálculos, medidas y estimaciones, y de ahí a las primeras versiones de planos. Los chicos de Satur hicieron echar humo al Supra, cuyos archivos enseguida comenzaron a trazar el renacimiento del edificio.

Poco a poco el trabajo empezó a desenvolverse sólo; aunque habitualmente no dieran esa impresión, toda esa gente implicada estaba contratada para esto, para erigir construcciones que ayudaran a la sociedad.

Las reuniones se redujeron mucho, al punto de que mi presencia ya sólo era necesaria una o dos veces al día, como mucho, según me indicaron Astrid y Rai. La avalancha de correos se transformó en montaña, y luego en montón, resumiéndose en actualizaciones de estado de todo el curro. El Lido estaba cada vez más cimentado en la realidad.

Yo seguía contento, supervisando que todo siguiera la estrategia inicial, y sorprendentemente no tenía mucho que decir al respecto; íbamos bien encarrilados. No me di cuenta entonces, pero mi rutina se empezó a volverse sospechosamente familiar. Llegaba pronto, leía unos pocos correos y ya estaba hecho el día. Sí, quizá acudía a alguna reunión o bajaba a ver qué tal Satur, pero básicamente había terminado mi labor.

Cuando Astrid o Rai pasaban por el estudio, que no era muy a menudo, intentaba comentar los avances con ellos. Siempre se paraban a escucharme, e incluso contestaban con coherencia, quedando en continuar la conversación al terminar el día. Esos cierres de conversación nunca se produjeron.

La fecha clave se estableció para el diecinueve de junio, al punto del cumplimiento del plazo de seis semanas. Esta vez los de Weiss no vendrían a escuchar las zalamerías de Rai ni a ser dulcemente influenciados por lo vanguardista de las oficinas. Ya habían visto dónde trabajábamos, y les había gustado, pero ahora querían evidencia de que realmente Sovereign estaba a la altura. Teníamos que enviar una propuesta firmemente documentada del nuevo Lido.

Según comunicaron en el correo electrónico, donde se adjuntaban una carta de compromiso y pliego de condiciones para la entrega, podíamos enviar toda la documentación que quisiéramos. Eso sí, debían cubrir parte técnica, comercial y social del proyecto. Weiss tenía su propio gabinete técnico, el cual evaluaría la solidez de la propuesta.

La respuesta definitiva la darían a los pocos días. Al principio me sorprendió que fueran a tardar tan poco, pero claro, había que tener en cuenta que estaban completamente familiarizados con el proyecto desde su versión inicial. Además, debían tener prisa por tomar una decisión.

Rai expresó su desacuerdo larga y atronadoramente, diciendo que las cosas no se hacían así y que "de toda la vida" los contratos se cerraban cara a cara, que se había perdido el espíritu y demás bla bla bla. Eso o que le habían quitado su fuerte, el bailarle el agua al cliente, con lo que seguramente estaba cagado de miedo.

La fecha se fue acercando, y con ello la histeria grupal. Todos los departamentos estaban implicados; las plantas tercera y cuarta revisaron febrilmente cálculos, cimentaciones, dimensiones y toda la documentación relacionada con los proyectos básico y de ejecución. Por otro lado, en la quinta, Administración y Financiero daban los últimos toques al presupuesto detallado, mientras que Marketing terminaba la ficha del proyecto. En mi opinión no hicieron más que un elaborado folleto del hotel ya construido, pajareando mucho sobre qué filtro poner a tal foto o el impacto sobre la imagen corporativa de Sovereign, pero bueno, monsergas.

Toda la documentación (anteproyecto, proyecto básico y de ejecución, detallados al mínimo) se enviaría en digital en la fecha prevista, y se esperaba también una copia impresa. La no recepción de la copia en papel supondría incumplimiento de condiciones y retirada del acuerdo, así como variaciones notables entre una y otra copia. Estábamos jugando en otra liga.

Como apéndice del pliego de condiciones, los de Weiss habían incluido una guía de entrega. Los documentos debían venir ordenados y nombrados según el criterio que ellos marcaban, y cada documento desglosaba el índice de los apartados que debía contener. No nos lo podían dejar más claro. Ahora, no figuraba nada sobre el formato o estilo de entrega, lo cual supuso guerrita civil.

Eduardo, de Marketing, estaba convencidísimo de la tipografía y estilo que usar, igual que Jorge, de Generación de Negocio. En una acalorada discusión se llegaron a levantar del asiento, llamándose el uno al otro "incompetente" o "crápula", entre otras. La situación era tan absurda que decidí rescatar la propuesta aquélla de formato estándar que ideé en mis inicios. Pensé que, enseñándosela a Rai y presentándola como una razonable calle del medio se solucionarían las deflagracioncitas beocias. No me equivoqué ni por un pelo.

Los tres días antes de la entrega fueron efervescentes; hubo que hacer una gran revisión de todo el material y documentación que enviar. Muchas caras se contrariaron cuando fueron informadas de que habría que quedarse hasta tarde para garantizar cantidad y calidad, pero valió la pena. Sin que nadie me lo pidiera, me encargué de ser el auditor del trabajo de cada equipo, avisando a Rai una vez consideraba que todo estaba correcto. Mi seguimiento diario de los correos de cada equipo me ayudó mucho a entender qué tenía que ir verificando. Rai se limitaba a estampar su firma como sello de conformidad; apenas se paraba a mirar lo que hacía.

Los archivos se incluyeron en cuatro formatos diferentes de lectura, de modo que se pudiera visualizar en cualquier plataforma o programa existente. Así se indicó en la carta de presentación, redactada elegantemente por Astrid y firmada por Rai. El archivo final era muy sencillo e intuitivo de navegar, aunque parecía mentira que todo nuestro trabajo estuviera condensado en ese punto de colores de la pantalla del ordenador.

Los de Weiss dejaron indicaciones de un software que hubo que instalar y poner a punto para el envío, un programa propio de encriptación y compresión de archivos. Por lo que entendí, Rai estuvo varias horas al teléfono con el departamento de IT de Weiss para certificar la instalación y establecer una conexión segura. Sólo él estaba autorizado a realizar o modificar el envío.

Con lo teatrero que es, no sé cómo me sorprendí al ver el despliegue que montó antes de realizar la entrega. Reunió a todo el personal en la cocina de la planta baja y ofreció un discurso con brindis y todo; había muchas caras de cansancio y ojeras, pero el ambiente era festivo. Agradeció el trabajo a todos los equipos involucrados, subido a una silla, seguido de un sermón sobre lo importante que es tirar todos a una y cosas de ésas. Estaba un poco colorado, y se veía incluso desde el fondo de la sala, donde yo estaba situado. Ni de lejos querría que me abrazara como hizo con Jose Antonio, con la euforia del momento. Tras asegurarnos que conseguiríamos el contrato con Weiss, la copa levantada en alto cual camarero de opereta, Rai encendió la pantalla que tenía a su lado, seguramente desmontada de alguna de las salas de reuniones. En ella se inició una cuenta atrás de diez segundos, al término de la cual pulsó una tecla y el archivo quedó enviado entre vítores.

Yo sabía que la documentación se había verificado y validado antes de realizar la entrega de verdad un rato antes, desde el despacho, pero bueno, la gente quedó entusiasmada. Menuda verbena de pueblo. Lo importante es que ya estaba hecho, y hasta yo mismo tenía una gran satisfacción con el trabajo sacado.

Al día siguiente hablaría con Rai sobre mi aumento, que ya era hora.

CAPÍTULO XVIII

Nadie pareció tener en cuenta que aún había que realizar el envío físico de toda la documentación, que no era poca. Parecía que, con el envío telemático, ya estaba todo hecho. A pesar de mis sugerencias, se decidió no contratar a una empresa externa para la impresión y encuadernación de todo el papel. No se fiaban de que alguien nos fuera a robar la idea, o alguna paranoia similar.

Mi última tarea consistía en supervisar el envío de la copia en papel del proyecto. Y sí, por supervisar me refiero a encuadernar los miles de papeles que salían del plotter y de dos impresoras cuidadosamente, página a página. Cada parte que encuadernaba la colocaba en una de las cuatro cajas correspondientes, que luego se enviarían como parte de un contenedor más grande. Pobre del mensajero que tuviera que llevársela.

En otro momento me hubiera molestado, pero no olvides que estaba contento y tranquilo, sobre todo muy tranquilo. Sentía, o mejor dicho, sabía que el trabajo había sido bueno, alineado y con cabeza. Y por encima, me sentía como una rueda dentada que formaba parte de un mecanismo bien engrasado, y que estaba donde debía estar.

Rai había dado el día anterior libre, para dejar descansar a los equipos tras las largas jornadas echadas las semanas previas. Sí, el tío podía ser también humano cuando quería. Quizá él estaba en búsqueda de lo mismo que yo, de una oportunidad que le permitiera poder brillar y decirle al mundo que Sovereign no era sólo parte de un glorioso pasado cada vez más borroso; su padre fue un gran arquitecto, prácticamente el fundador de la ciudad tal y como la conocemos, y era muy difícil que se le reconociera por logros propios. O quizá fuera el olor a tóner de impresora, que ya me estaba empezando a alterar el raciocinio.

El caso es que me encontraba en la quinta planta, entre el banco de impresoras y el plotter. No había mucha gente a la vista; no pocos habían optado por teletrabajar para cerrar la jugada, y sorprendentemente se les había concedido permiso. Todo Marketing estaba fuera, y Generación estaba en mínimos.

Habían pasado tres días desde la entrega, y el ambiente era de lo más sosegado. Esa misma tarde tenía que salir la copia en papel; ya estaba contratado el servicio de mensajería, que vendría en un par de horas a por las cajas.

Mi día libre lo empleé en limpiar y ordenar un poco mi parte de la casa. Juan Luis, mi compañero de piso, estaba más insustancial que nunca y ni me deseó los buenos días, pero no me importó. Me puse a limpiar, a reordenar y a tirar trastos viejos y ropa reutilizada y remendada mil veces. Y, por aburrido que suene, me sentó de maravilla. Eso y que a la vez estaba mandándome mensajitos con Sandra, y la cosa estaba bastante calentita.

Para terminar de sentar las bases de esta fase nueva, me fui de compras. Ya era hora de que, además de ser el adjunto a dirección técnica de un buen estudio de arquitectura, lo pareciera. Quería destacar cuando volviera a la oficina, y ahora que casi toda la empresa me había visto dirigiendo el cotarro, debía estar a la altura de lo que se espera de un miembro del equipo directivo.

Los dos días siguientes los empleé en reunir todos los archivos para la copia física, formateándolos para que salieran bien al imprimirlos y asegurándome de que impresoras, tóner y demás no me dejaran tirado en la hora clave. Balle me estuvo ayudando, cotejando los índices con el contenido y reservando la hora de recogida para el envío. Lo pasamos bien, con el vacile habitual y demás, pero me pareció ver que Balle no tenía muchas ganas de estar trabajando conmigo; le notaba ligeramente distante. Creí que, ahora que seguramente se quedaría solo en la parte de asistencia técnica, no le parecía tan divertido. Parecía como si estuviera a punto de decirme algo todo el rato, sin llegar a decidirse.

Total, que ese día había tomado prestada una mesa de Marketing y la había declarado mi base de operaciones. A través de mi ordenador fui coordinando una impresión estratégicamente diversificada, y ya sólo me quedaban dos encuadernaciones más para terminar. No estaba nada mal, después de tres horas currando sin pausa. Tenía pensado enviar un correo notificando a todos los equipos de la salida de la copia física una vez terminara, aunque tenía la sospecha de que nadie le haría mucho caso.

Las chicas de Administración me ofrecieron tomarme un café con ellas. Fue una oferta tentadora, pero quería terminar de imprimir cuanto antes. Eso y que estaba esperando a que Rai llegara por la oficina para hablar con él; no le había visto pisar el estudio desde la entrega. Quería que fuera testigo del envío, para echarme un poco de flores, y también para curarme en salud. Y ya de paso, para firmar mis nuevas y flamantes condiciones.

Oí llegar al ascensor y decidí no darme la vuelta enseguida; eso era de impacientes. Además, esos pasos pesados y rápidos eran inconfundibles. Me volví al escuchar la puerta de vidrio de su despacho abrirse, y el chasquido de un interruptor. Rai acababa de llegar, y ya estaba sentado en su mesa antes de que las luces terminaran de encenderse. Sus dedos tamborileaban sobre el tablero mientras esperaba a que arrancara su ordenador.

Terminé de encuadernar el proceso de obtención de licencia de obra del término municipal del Lido. El embrollo legal para poder levantar un edificio ocupaba una buena parte del proyecto de ejecución. Me obligué a terminar de perforar las hojas tranquilamente, a colocarlas y sellarlas bien en el encuadernado, aunque mi interior gritaba por plantarme en el despacho.

Por fin terminé, cerré la caja y las coloqué con las demás. Estaba hasta los cojones de la tareíta. Hice una foto al conjunto de cajas y al contenido de cada una, resaltando bien el nombre de las etiquetas, y pensé en cuándo encaminarme hacia la guarida del oso. Después recogería el desaguisado que había montado.

Rai no era del grupo madrugador, y no lo digo solo porque nunca llegara al estudio antes de las diez, que también; necesitaba un tiempo de ajuste al llegar, como una sincronización de su ser con su localización espacial.

Si intentabas pedir o informar de algo antes de ese ajuste, te llevabas gruñidos y hasta la puerta en la cara.

Aunque esa "mañana" (ya se acercaba la hora de comer) ése no parecía ser el caso. Había entrado directo a su escritorio, sin quitarse la chaqueta siquiera, y miraba fijamente su pantalla. Decidí acercarme despacio al despacho y entrar a mi sitio, con la excusa inocente de hacer algo no relacionado con él. Quizá fuera lo más sensato, ir poco a poco y con movimientos predecibles, como al aproximarse a un animal salvaje.

Comencé a dirigirme hacia el despacho, notando el sonido amortiguado que hacían mis zapatos nuevos sobre la moqueta. Rai miraba alternativamente su pantalla y la de su móvil, con cara tensa. De repente, se levantó de la silla y salió como una exhalación del despacho, casi corriendo hasta el ascensor. No me vio al pasar, o al menos no hizo ningún gesto de reconocimiento. En vez de esperar al ascensor, abrió la puerta que daba a las escaleras y desapareció. La puerta se cerró suavemente, única testigo junto a mí de que Rai había estado en la planta ese día.

Debí parecer idiota, parado prácticamente bajo el tragaluz y mirando hacia el ascensor. Rai no tenía cara de preocupación; más bien, de intensa concentración, pero esa salida había sido propia de una emergencia. En fin, ya nos enteraríamos. No sé si por mantener apariencias, pero decidí terminar el trayecto. Quizá encontrara algo en su mesa. Oye, no era cotilleo: ahora era su mano derecha, ¿recuerdas? Tenía todo el derecho del mundo a entrar allí.

La oficina de Rai olía ligeramente al pestazo de perfume que llevaba encima, incluso cuando no lo pisaba por varios días. Desarrollé la teoría de que las paredes, cortinas y decoración debían haberlo absorbido, rezumando el intenso aroma en su ausencia, como un buen queso.

Su escritorio estaba despejado y ordenado, y la pantalla del monitor apagada. Nunca se olvidaba de bloquear el acceso al ordenador antes de dejarlo desatendido. Un cabrón desconfiado, el Rai. Salí del despacho y me dirigí de nuevo hacia las impresoras.

Lo que no estaba despejado era mi mesa. Me fastidiaba que lo utilizaran como la mesa de la entrada que puedes tener en casa, ésa donde dejas las llaves, el correo, las vueltas del pan, los folletos del restaurante chino y demás entresijos; no podía decir mucho al respecto, pero me fastidiaba. Esta vez habían puesto un archivador grande, oscuro, con la etiqueta "Weiss - Actas" en el lomo.

En Sovereign se tenía una política de uso mínimo de papel. Se suponía que se debía usar el papel como herramienta de trabajo, es decir, tomar notas con medios digitales, hacer planos exclusivamente en programas de CAD, etc. La iniciativa estaba muy bien, siendo poco realista en un mundo donde los bocetos y croquis imperaban, siendo lo más natural y asequible. Además, tampoco es que la plantilla en general hiciera mucho caso a esta política. Eso sí, quedaba de lujo en la página web y en las presentaciones.

Pues bien, una muestra de las muchas excepciones a esta política eran las actas de reuniones. Una vez un proyecto era marcado como "favorable" por Generación de Negocio, todas las actas se imprimían y guardaban en una misma carpeta, de modo que quedara bien trazado y accesible quién dirigía qué o a quién había que echarle la culpa de tal. Rai insistía en tener esos archivadores a mano, pudiendo así seguir el desarrollo de cualquiera de los proyectos. Se almacenaban en una estantería de una de las islas cerca de su despacho, y su propósito real acababa siendo criar generosas capas de polvo.

Supuse que esa vez le había dado por consultar algún detalle y lo había dejado en la mesa de la secretaria, para que lo archivara de nuevo. Suspiré y decidí llevármelo a su sitio, ya que allí no tenía nada que hacer. Además, tenía que ordenar el chocho que había montado alrededor de las impresoras.

Agarré el archivador con desgana, a la vez que arrancaba hacia la estantería, y se me resbaló de las manos; eso por la dejadez. El muy cabrón cayó de canto, reventando las anillas, y todos los papeles se desparramaron sobre la moqueta verde oscuro. Maldiciones varias.

Y además, debían estar ordenados cronológicamente. Más maldiciones.

Me cercioré de que nadie había sido testigo, suspiré y me agaché a recoger todas las hojas. Desde arriba parecían idénticas, todas con el mismo formato: una tabla dividida para recoger fecha, lugar de reunión, asistentes, tema discutido y conclusiones. Pensé que podría agruparlas más fácilmente si bajara al jardín a por un rastrillo. Las agarré en un montón mal formado y las puse sobre mi mesa. El archivador estaba algo dañado, pero aguantaría algunos asaltos más.

El móvil del curro vibró: un correo electrónico nuevo. Lo abrí, esperando algún tipo de spam y sorprendiéndome al ver una convocatoria de reunión por parte de Rai, en una hora. En el asunto no indicaba el motivo, y pude ver que estaba toda la empresa invitada. ¿Habría pasado algo malo? Era raro. La reunión se celebraría a las dos en el comedor de la primera planta, como se solía hacer con el brindis navideño. O con los despidos masivos...

Decidí no pensarlo mucho más. Volví a enfrascarme en la tarea de organizar las putas actas, cuando el móvil volvió a vibrar de nuevo. Era un SMS emitido automáticamente por la empresa de mensajería; avisaban de la llegada para recogida en diez minutos aproximadamente. Joder.

Encajé las hojas de mala manera en el archivador abollado y me lo llevé rápidamente a donde las impresoras. El envío estaba listo, sí, pero no había cerrado las cajas ni re-verificado el contenido por última vez. Siempre, siempre corriendo. Me cago en todo.

CAPÍTULO XIX

Hice un repaso rápido de todos los documentos y planos, empezando a cerrar las cajas a toda leche. Casi me dejo la carta de presentación y agradecimiento, lo único hecho directamente por Rai. Sellé las cajas y las llevé pesadamente hasta el biombo de la entrada, en dos viajes. La zona del plotter presentaba un aspecto deplorable, con la mesa en el medio, los restos de papel y demás desperdigado. La guinda en el pastel era el archivador de las actas reventando de hojas por todos los costados.

El móvil volvió a vibrar. "Su mensajero ha llegado para la recogida". No me dio tiempo a cerrar el SMS cuando entró una llamada, que respondí a traición.

– Jano, hay aquí un mensajero de Excellence Express que viene a por una recogida. A mí no me consta en las entradas autorizadas de hoy, y te tiene a ti de contacto de referencia. ¿Sabes algo?

Me mosqueé un poco, aunque Isa no tenía para nada la culpa. Estaba haciendo bien su trabajo. Se supone que alguno de los jefes debía haber incorporado la recogida del material a las entradas del día, pero no, había que estar detrás de ellos. Suspiré hondo.

– Hola Isa. Sí, estaba previsto pero parece que no hemos llegado a decírtelo. ¿Puedes dejarle subir?

Silencio en la línea.

– Verás... No puedo hacer eso sin autorización. Me temo que tienes que bajar a firmarme la visita y así puedo dejarle entrar - dijo Isa con tono de disculpa.

Creo que en el pasado hubo algún problema con las entradas y salidas del estudio, y de ahí tanta rectitud, pero joder. Suspiré hondamente y le dije que bajaría enseguida.

Respiré un poco más, intentando no sudar después de trasladar las cajas. No quería manchar la camisa nueva que estaba estrenando. Llamé al ascensor, para acabar con el asunto del envío lo antes posible.

Las puertas del ascensor se abrieron, dejando salir a Felipe, uno de los delineantes, y a Sandra. Me miró de arriba a abajo y sonrió, ruborizándose un poco. Se me pasó el cabreo, y hasta le devolví la sonrisa. Luego le diría de quedar, a ver si salía algo.

Una vez abajo, firmé el acceso para el mensajero y subí con él a por las cajas. El tío las cogió todas a una, sin rechistar ni mostrar ningún tipo de esfuerzo. Necesitaba apuntarme al gimnasio urgentemente. De nuevo en la planta baja, firmé el albarán de salida e indiqué envío exprés y frágil; no es que los planos fueran a romperse, pero oye, quería que llegaran en las mejores condiciones. Se suponía que Rai o Astrid debían dar conformidad a la salida, pero mira, que les den. Ya les reenviaría el número de seguimiento como confirmación de envío.

Miré desde la cristalera cómo se iba la furgoneta azul y naranja de Excellence Express, sintiendo una sensación de plenitud. Ya estaba todo hecho.

Otra furgoneta ocupó su lugar, de color oscuro y con letras doradas barrocas en el lateral; no fui capaz de distinguir el nombre. De ella se bajaron dos hombres uniformados con delantal y pajarita, muy elegantes. Descargaron varias cajas de la parte trasera y se dirigieron hacia el estudio, remontando el camino de entrada con decisión.

Isa estaba al teléfono, y con un gesto les indicó que lo dejaran en un lateral. Los dos hombres volvieron rápidamente a por la furgoneta, a descargar más cajas y lo que parecían botellas. Antes de que me tocara subir algo, decidí irme. El vestíbulo se estaba llenando de cajas negras con filigrana dorada, atiborradas de palabras como "gourmet" o "delicatessen".

Supuse que sería para alguna reunión, ya de vuelta en el ascensor. "O para engañar a otro cliente", pensé mientras me sonreía. Esos pensamientos eran agridulces, ya que me recordaban cómo estaba hacía no mucho, pero ahora apostaba fuertemente por Sovereign.

Volví a pensar en todas aquellas cajas de comida, y de repente se me aceleró el corazón, esta vez por emoción anticipada. ¿Una reunión en breve para toda la empresa, y cajas de comida cara por todas partes? A ver si... A ver si los de Weiss habían aceptado. El pensamiento fue orgásmico, y quizá explicara esa reacción tan extraña de Rai, al salir haciendo los cien metros lisos. ¿Sería posible...? Estaba muy emocionado, pensando en lo que aquello significaría para la empresa, y más que nada, para mí.

Sovereign se convertiría en un estudio de referencia, atrayendo mucha atención al haber sido elegido por encima de muchos otros estudios más exitosos, y encima en unas circunstancias económicas muy desfavorables. Ya podía ver titulares rancios de los periódicos digitales, del tono de "Resurrección de sus cenizas" y similares, y cómo se detallaría el glorioso pasado de la firma. Hipócritas.

Y para mí, bueno, no creo que me fuera mal. Había ayudado a darle un buen giro al concepto del proyecto, que no es diseñarlo desde cero, pero seguro que alguna miguita del pastel lograría coger. Participar en un proyecto así me abriría muchas más opciones, como mínimo.

Las puertas del ascensor se abrieron, y la vista del desorden que aún tenía por recoger no me apagó el entusiasmo. Crucé la planta para ponerme manos a la obra; quedaban quince minutos para bajar a la reunión grupal.

Desconecté mi portátil del switch de la zona de impresión y lo devolví a mi mesa, dejándolo en suspensión, aunque no tenía muy claro que fuera a trabajar más aquel día. Coloqué de nuevo la perforadora y las herramientas de encuadernar en las estanterías de Administración. "Menuda tenías liada", me soltó Begoña de broma. Me reí y me fui sin responder nada.

Sólo quedaba recoger los recortes de papel que habían llegado al suelo, pero vamos, ya lo haría el personal de limpieza. Moví la mesa con cuidado a su sitio original, reparando en el maldito archivador de hojas colgonas. Decidí llevármelo a mi puesto y ordenarlo tranquilamente sentado. Quedaban diez minutos para la reunión.

Dejé el archivador sobre mi mesa, perezoso. Sopesé esperarme a después, pero tampoco quería pasar diez minutos dando paseítos nerviosos, así que me puse al lío. Me senté y abrí el archivador, que crujió un poco.

Las hojas de las actas parecían lonchas de jamón dentro de un bocadillo mal hecho, todas arrugadas. Las saqué y las alisé como pude, empezando a meterlas en orden en las anillas. La mayoría de ellas simplemente se habían soltado, pero otras estaban sucias y alguna hasta rasgada. Unas cuantas tenían unas manchas amarillo chillón que no sabía de dónde podría haber salido.

Una de ellas, del diez de mayo, estaba especialmente malograda. Tenía la mitad muy arrugada, y tres de los cuatro agujeros estaban completamente desgarrados, como si se hubiera aferrado sin remisión a las anillas antes de ser arrastrada con las demás. También tenía manchas amarillas.

La alisé contra la mesa e intenté recomponerla un poco, para que al menos se mantuviera dentro del archivador. La fecha me sonaba, y caí en que fue el día en que empezamos a trabajar en serio en el proyecto. Parecía que había sido hacía muchos años, en vez de un mes, y recordaba lo nervioso que estaba en esa reunión, al exponer la nueva situación del proyecto a Operaciones y a Construcción. Sonreí, pensando en cómo afrontaría esa misma reunión ahora.

Las manchas amarillas resultaron no ser tales, sino resaltes de un subrayador fosforescente. Estaba resaltada la palabra "Asistentes", encima del cuadro que listaba todas las personas presentes en la reunión. Los nombres estaban muy apretados; seríamos fácilmente quince ese día. Recorrí todos los nombres una vez, y luego lo volví a hacer dos veces más. Mi nombre no estaba.

"Vaya, un error de transcripción", pensé en ese momento. Sopesé añadirlo a bolígrafo, ya que estaba, pero me dio algo de reparo, y tampoco quería ponerme a reimprimirlo. Menuda pérdida de tiempo y recursos.

Continué archivando sin darle mucha importancia. Coloqué cuatro hojas más y me topé con otra, del doce de mayo, que tenía la misma palabra resaltada en amarillo. En esa reunión se revisaron las modificaciones de concepto del Lido a nivel de construcción y de distribución de espacios. Estuvimos reunidos con Interiores e Ingeniería, consecutivamente, para evaluar el tiempo que llevaría recalcular las estructuras y redistribuir un poco los espacios principales del hotel. Mi nombre tampoco estaba.

Quedaban cinco minutos para la reunión grupal. Empecé a colocar las hojas dentro del archivador sin hacer caso al orden cronológico, buscando con ansia creciente las marcas amarillas. Todas eran reuniones en las que yo había estado presente, tanto encuentros de seguimiento con los equipos de trabajo como reuniones clave con Rai y

Astrid; reuniones de gestión, de coordinación. En ninguna de ellas estaba mi nombre.

Noté algo que me rozó el cuello y pegué un bote. Eran Jorge y Begoña, señalándose la muñeca y el suelo respectivamente; me habían tirado una bola de papel desde el pasillo que formaban las islas. Había llegado la hora de bajar a la cocina. Al fondo distinguí a los pocos empleados que había ese día en la planta esperando al ascensor o dirigiéndose a las escaleras.

Asentí con la cabeza y coloqué rápidamente las hojas que quedaban al tuntún; la última que puse también tenía un resalto amarillo, pero no me molesté en comprobarla. Salí del despacho y fingí que prestaba atención a la animada conversación entre Jorge y Begoña, pero estaba centrado en el pesado archivador que llevaba en el brazo. Me desvié un momento para dejarlo en su estantería rápidamente, como si fuera algo pringoso. No sabía qué coño significaba todo eso, y no me estaba gustando una mierda.

Aceleré un poco y me metí en el ascensor detrás de Begoña y Jorge.

CAPÍTULO XX

Bajar en ascensor desde la quinta hasta la primera planta no llevaba más de un minuto; sin embargo, parecía que el viaje no llegaba a su fin. El ascensor estaba lleno y me encontraba junto a las puertas, capturando decenas de retazos de conversación que no me importaban. Jorge y Begoña comentaban algo de las nóminas y más hacia el fondo se especulaba con entusiasmo a qué vendría esta convocatoria tan repentina.

Me esforcé por poner una cara de neutro interés y mantenerme en un segundo plano; no estaba seguro de con qué me había topado al ordenar las actas. No creía que fuera un descuido o un error al transcribir. Al terminar una reunión, uno de los asistentes era elegido al azar para elaborar el acta de todo lo decidido. Era un truco implantado por Astrid para que todo el mundo prestara atención y tomara nota. En efecto, una putada más propia de un internado que de una empresa, pero funcionaba.

La campanilla sonó, seguida por la apertura de puertas. Nuestro grupo se unió al goteo de personas que llegaban desde las escaleras. Me sonaban algunas caras, y pude escuchar la risa de Isabel por detrás, hablando con alguien.

Accedimos por las puertas dobles al comedor, o a "la cocina", como lo llamábamos todos. Se había formado un poco de revuelo en la entrada, ya que la habitación estaba completamente cambiada. El comedor no era muy amplio, pero tenía dos grandes mesas en las que podíamos caber toda la plantilla, si quisiéramos. Yo procuraba bajar siempre tarde, una vez terminada la algarabía que se montaba a la hora de comer.

Al fondo de la habitación estaban Rai, Astrid y Satur, hablando entre ellos. Vi a Mario acercarse un segundo a comentar algo con Rai, nervioso, para alejarse de nuevo rápidamente. La sala estaba bastante llena; prácticamente estábamos todos.

Vi a Sandra junto con los de Generación, pero no me apetecía acercarme hasta ellos, y a Sergio y a Dennis hablando con un par de ingenieros de la tercera. Yo seguí pegado a Jorge y a Begoña, sin saber muy bien dónde colocarme.

Rai levantó los brazos pidiendo audiencia y haciendo que la americana entallada que llevaba le quedara aún más ridícula. Las conversaciones se fueron apagando poco a poco y todas las miradas se clavaron en él. Empezó a hablar cuando prácticamente se oía sólo el zumbido de las neveras. Flanqueándolo, Astrid y Satur no transmitían nada. Rai puso la expresión solemne que adoptaba siempre que hablaba en público.

– Muchas gracias a todos por venir – como si tuviéramos elección – os he reunido aquí porque acontecimientos recientes van a afectar al desempeño del estudio de manera drástica.

Pausa para beber un traguito de agua. Ni que llevara hablando cuatro horas.

- Como sabéis, la actual situación financiera ha causado la cancelación o retraso de varios proyectos que teníamos al alcance de la mano. Hasta ahora hemos podido subsistir con los contratos de reforma y restauración privados que ha ido obteniendo Generación de Negocio, pero parece que éstos también empiezan a ser cada vez más escasos. Quería que supierais que habrá cambios en el estudio, probablemente en las próximas semanas.

Astrid asintió a la mención de su departamento, dejando que una ligera sombra de satisfacción cubriera brevemente sus facciones. Zorra. Satur seguía con expresión de gravedad.

En mi zona no se oía ni una mosca; yo tampoco pensaba en otra cosa más que en lo que el desdichado de Rai estaba largando en ese momento. ¿Nos estaba anunciando que nos íbamos a pique? Podía verle la cara a Begoña, mucho más blanca de lo que la recordaba.

- ¿Os he asustado ya lo suficiente? – proclamó entonces Rai, relajando su postura y sonriendo.

Astrid y Satur comenzaron a sonreír también.

- Creo que no me he expresado bien. Esta mañana he recibido una información no oficial pero fiable de Weiss International Hotels: estamos dentro. Han podido revisar el nuevo Lido, y les ha encantado. Les tenemos en el bolsillo.

Fue como si alguien hubiera tirado de la cadena, vaciando la habitación de tensión y mal rollo. El corazón me empezó a latir rápido de pronto, y un cosquilleo hizo que me temblaran las piernas. Lo habíamos logrado. El hotel se construiría, en buena parte gracias a mi entrada en el proyecto. En mí se abrió un grifo de orgullo que no supe si sería capaz de cerrar.

La multitud empezó a reírse, y alguno hasta lanzó algún insulto precavido al jefe, por el teatrillo. Jorge sacudía la cabeza con incredulidad, a la vez que sonreía, y vi a Marta alejarse a un rincón para hablar por teléfono, también sonriendo: "nada nena, que nos han hecho creer que nos íbamos todos a la calle y es todo lo contrario. Luego te cuento".

Dani dijo algo en alto que hizo que toda la primera fila, incluyendo a Rai, Astrid y Satur, estallara en carcajadas, pero no lo pudimos escuchar bien. El grupillo de delineantes de mi derecha, Dennis y demás, estaban burlándose de las caras de preocupación que se habían visto mutuamente.

Rai intentó calmar el tumulto un poco, aunque esta vez le costó significativamente más que al principio. Hubo que chistar y todo, como en el cole.

- La confirmación oficial la tendremos en unos días, cuando terminen de revisar toda la documentación del proyecto, y de ahí procederemos a la negociación para la firma del contrato. Hasta entonces, a disfrutar del trabajo bien hecho.

Satur hizo una seña a la puerta de entrada, haciendo que todos nos volviéramos. Por la puerta entraron Mario y sus dos asistentes, con el carro de servicio hasta arriba de aperitivos: patés, platos de queso, todo tipo de canapés, tostas. A uno se le hacía la boca agua sólo con mirar. Eso sí, todos los platos estaban tapados con film transparente, evitando las zarpas ajenas; sabían bien el tipo de personas que trabajaban en Sovereign.

Las mesas se cubrieron de viandas, y seguidamente se escuchó el "pop" de varias botellas de cava y champán. No supe muy bien cómo llegó la copa llena de espumoso a mi mano, pero ahí estaba. El ambiente había variado por completo.

Era el fin perfecto para un gran proyecto. Tardé poco en empezar a asimilar la noticia, ayudado por una primera copa de cava. Fui a que Mario me sirviera la segunda y poco a poco tomé conciencia del entorno. La gente estaba relajada, a gusto, y casi parecía que las infranqueables fronteras entre departamentos se estuvieran desdibujando.

Nunca había visto, por ejemplo, a miembros de Generación de Negocio hablando con los ingenieros de Estructuras. Si no te acercabas mucho, casi ni se distinguían la ligera mueca de desprecio de unos hacia otros.

Estuve un rato con Jorge y las de Administración, para luego hablar con los pocos de Marketing unos minutos. Saludé a todos con los que me cruzaba e intentaba entablar un mínimo de conversación; en parte lo estaba disfrutando y me salía natural, y en parte quería recordarles a todos que yo también era del equipo, que había arrimado el hombro como el que más.

Poco a poco las copas comenzaron a surtir efecto. Isa consiguió liar a los delineantes para juntarse y cantar una desafinada versión de Eidelweiss, copa en mano. Al final todos tuvimos que unirnos irremediablemente, coreando con las bebidas en alto. Fue un momento bastante surrealista, pero muy a mi pesar, bastante auténtico. Toda la plantilla tenía la moral por las nubes.

La ¿tercera? copa de cava, o champán, descansaba vacía y ligera en mi mano. Estaba jugueteando con ella mientras hablaba con Begoña y Dani. Yo era consciente de que ya debía ir pensando en beberme un par de vasos de agua bien grandes, no como el resto de los presentes. Dani estaba colorado, y Begoña se reía mientras le goteaba la mostaza de uno de los canapés sobre la manga, sin darse cuenta.

Mostaza densa, suave y amarilla; amarilla como las manchas de las hojas de las actas.

El pensamiento me quitó la tontería de una leche. Era imperativo aclarar ese punto, y tenía que ser en ese momento. El ambiente distendido y el alcohol barrieron convenientemente la prudencia a un lado, empujándome a llevar la consulta directamente al equipo directivo. Quería que o Astrid o el mismísimo Rai me dijeran que menuda chorrada, que era un simple error administrativo.

Levanté la vista hacia el fondo de la sala; Astrid y Rai habían desaparecido en algún momento de la celebración. Un recorrido rápido con la mirada me confirmó que ninguno estaba en la cocina; sólo vi a

Satur hablando animadamente con una de las asistentes de Mario. Menuda chapa le estaría dando a la pobre.

Indagué por encima, como sin darle mucha importancia. Tras un par de intentos fallidos, averigüé que Rai había subido a su despacho, a hacer una llamada con más calma. Perfecto.

Me disculpé para ir al servicio, sonriendo forzadamente mientras me alejaba. Me costó un poco despegarme de la muchedumbre, pero logré salir sin que nadie me parara. Aunque el rellano estaba vacío se escuchaba cierto jaleo en el pasillo que conducía a los lavabos. El ascensor se encontraba subiendo en ese momento, y no encontré en mí ningún retazo de paciencia para esperarlo. Empujé la barra de apertura de la puerta que daba a las escaleras y comencé a subir, quizá demasiado rápido. Mis pasos resonaban en la escalera desierta, y mi visión bailaba un poco por el champán. O por el cava.

Lo de las actas era un detalle pequeño, como lo fue el que no se tuvieran en cuenta las frecuencias propias en el puente de Tacoma, y se vino entero abajo. Quizá mi nivel de alerta estaba exagerado por las copas, y quizá me sacaran los colores por señalar un error tan nimio, pero necesitaba que saberlo ya. No había pasado tanto tiempo como para que olvidara las jugarretas de esta gente, no del todo.

No me crucé con nadie en la subida; de vez en cuando se escuchaba el jaleo montada en la primera planta. Al llegar a la quinta me apoyé un segundo en la pared, antes de abrir la puerta de acceso. Había que recuperar el aliento y evitar entrar haciendo eses. Tendría que haberme bebido un vaso de agua antes de subir.

La planta estaba completamente desierta, como cabría esperar. Los rayos de sol empezaban a tornarse más anaranjados, preparándose para el atardecer, aunque eso no les impedía derramarse sobre toda la estancia sin ningún pudor. Me ajusté la chaqueta y el pantalón; no estaba seguro de tener buena presencia. Cogí un poco de aire y me dirigí al despacho de Rai.

El susodicho no estaba solo. La luz del sol vespertino recortaba las formas de las enormes impresoras 3D, así como las siluetas de dos personas. De pie, apoyado contra su mesa y con copa en mano, Rai hablaba con Astrid muy cerca; la postura de ambos no sugería para nada "aquí, hablando de negocios". Astrid estaba contándole algo a Rai mientras jugueteaba con los botones de su camisa, bajando la mano poco a poco hasta su bragueta.

Ya era demasiado tarde para volverme, así que prácticamente corrí hasta la puerta de cristal y la aporreé, haciendo mucho más ruido del necesario. Me temía que no me oyeran a tiempo y empezaran a montárselo en mis narices.

Los dos se dieron la vuelta, sin mucho signo de sobresalto. Astrid se comportó como si hubiera entrado interrumpiendo un importante cierre contractual, a la vez que Rai bebía de su copa para disimular.

– Perdón – dije, odiando lo aguda y desafinaba que sonaba mi voz. Tenía el mismo derecho que ellos a estar allí, joder – Rai, quería hablar contigo un segundo, si tienes un momento.

Rai estaba ligeramente tocado. Tenía la cara roja y los ojos vidriosos.

– Jano, no es el momento. Vuelve a la celebración y ya mañana hablamos contigo lo que necesites – dijo Astrid, poniendo una mano sobre el brazo de Rai – hay que aprender a relajarse y disfrutar también en ambientes de trabajo.

Me había educado de nuevo, subrayándolo con su sonrisa-no-sonrisa.

– Déjalo, Astrid. Tengo la impresión de que será breve – remarcó Rai, dejando su copa vacía sobre la mesa y sentándose tras ella.

Vi muchas cosas desfilar por la mirada de Astrid. No debía estar acostumbrada a que se le llevara la contraria, eso me lo esperaba, pero también vi algo inquietante; algo no muy lejano a la anticipación. Ella sonrió de nuevo y cogió la copa vacía de la mesa, para luego dirigirse contoneándose hasta la puerta.

- Bajo a por más champán entonces. En cuanto vuelva lo seguimos discutiendo, ¿de acuerdo, Rai?

No me miró al salir, ni yo me di la vuelta. Oí sus tacones cada vez más lejos. Rai apoyó los codos sobre la mesa y juntó las manos, atravesándome con la mirada de esos ojos borrachuzos. Estaba claro que no había elegido el mejor momento, pero oye, que se jodan. Me acerqué a la mesa y me senté delante de Rai.

– Nada Rai, sólo te quitaré un par de minutos. El envío de Weiss salió bien y a tiempo, por cierto, que no he podido informarte – introduje el dato a modo de suavizante; no quería que mi explicación sonara como una acusación – y nada, también para ver cuándo podemos sentarnos a hablar de mi cambio de condiciones, que parece que por fin vamos a tener ocasión, ahora que tenemos luz verde de Weiss.

Rai asintió sin cambiar mucho su postura, imperturbable. Sin decir palabra, alargó las manos y tecleó torpemente en su ordenador. Esperó un poco y giró la pantalla hacia mí, mostrando un correo electrónico de Excellence Express. Me acerqué a leerlo, entendiendo que es lo que se esperaba de mí: no era más que la confirmación del envío, con el número de albarán, la fecha y hora de recogida y el destino. Todos los datos figuraban correctamente. Alcé la vista y le miré con expresión interrogante.

– ¿Qué ves aquí, Jano? - dijo Rai, las sílabas bailando ligeramente. La pregunta parecía sacada de una de esas series cutres de abogados americanos, dicha mil veces ante un jurado expectante.

Me tragué las mil respuestas sarcásticas que se me ocurrieron.

– El albarán de envío de Excellence. Yo mismo le di salida esta mañana. ¿Ha ocurrido algo?

Rai le posó las manos de nuevo sobre la mesa y me miró, adoptando una expresión odiosamente familiar: el profesor paciente hablando con el alumno estúpido. Respiró ruidosamente un par de veces antes de responder.

— Depende de cómo lo mires. No, no ha pasado nada: el envío está en camino, y llegará a Linz antes de la fecha acordada. Sí, sí ha sucedido algo: alguien se está pasando de listo. Los listos, Jano, consiguen que estructuras de hormigón se derrumben como castillos de naipes.

Mis esquemas sí que se habían derrumbado. Estaba como un cervatillo al que le han dado las largas. Rai amplió la imagen hasta la esquina inferior derecha, donde estaba la fecha y firma del envío. Mi firma, estampada alegremente hacía pocas horas. Se pasó de rosca y mi firma se desdibujó ligeramente, llenándose de píxels.

— Como deberías saber, Jano, un edificio tiene dos vidas: la que imagina su creador y la vida que realmente tiene después. Y no siempre son iguales.

El idiota citó a Rem Koolhaas, el famoso arquitecto neerlandés, intentando hacer suya la cita y fracasando estrepitosamente. ¿Qué cojones me estaba intentando decir? Cambié de postura y me dispuse a cortar por lo sano. No necesitaba estas mierdas, y menos ahora mismo.

— Claro Rai, lo sé. ¿Qué problema ha habido con el envío? ¿Falta algún plano?

Rai me miró con ira mal disimulada y siguió hablando, ignorándome.

- A muchas personas les pasa lo mismo: se piensan que van a tener una vida, cuando están irremediablemente abocados a otra. Y, cuanto más intentan acercarse a la vida imaginada, más fuerte se dan con la inevitable realidad.

Levantó un dedo, señalando con firmeza mi firma escaneada en la pantalla.

- Esto supone una falta de respeto a este estudio y a todo lo que representa. Peor aún, una grave falta de espíritu de equipo para una empresa que te ha dado la oportunidad de iniciarte en el mundillo, sobre todo cuando nadie quería abrirte las puertas - dijo calmadamente, sin dejar de mirarme.

Pero qué me estás contando. No sabía si tenía que reírme o no; estaba completamente perdido. Debía estar irradiando perplejidad, por cómo continuó la conversación. Le bailaban las sílabas, pero no dudaba en lo que estaba diciendo.

- Seré más directo: te has saltado la cadena de mando. Esos planos no podían salir de aquí sin autorización del equipo directivo, y te la has pasado por el forro de los cojones. No hemos podido verificar si el contenido de lo enviado es correcto, o si era necesario incluir algo más, o poder cambiar algo a última hora. Has decidido que por tu sangre y por tu nabo estaba todo listo, y vámonos.

Notaba las orejas calientes, y me temblaban ligeramente las manos. Estaba buscando un hueco para intervenir, pero Rai me cortaba continuamente.

- Rai, eso no es así – conseguí decir, aunque no valió para nada. La voz me temblaba también de la indignación.

- No me interrumpas. Como comprenderás, soy plenamente consciente de que no te he nombrado director, ni coordinador, ni siquiera delineante. No sé qué te ha hecho pensar que estabas a cargo de algo tan importante. Además, para que seas consciente, ese envío debería haber incluido una maqueta de todo el proyecto, cosa que no ha sido posible hacer gracias a ti.

Hablé alto, quizá demasiado.

- Mira Rai, no sé bien qué decirte. He estado dando soporte a todos los equipos en el rediseño del Lido, haciéndolo lo mejor que he sabido. En ningún momento he buscado menoscabar la autoridad de nadie, o hacerme "el listillo" – respondí, haciendo comillas con las manos. Madre mía – sino empujar hacia delante. Ayudar a que el proyecto tuviera un sentido y un final.

- Suficiente, Jano. Los hechos hablan por sí mismos – dijo mientras daba golpecitos sobre la ampliación de mi firma en la pantalla, dejando marcas de dedos en ella y haciendo que el monitor se bamboleara.

- Te dije que quería contar contigo, que me demostraras que realmente quieres formar parte de Sovereign, y parece que lo has aprovechado para intentar encumbrarte. Quizá es que para ti esa frase tiene varios significados, yo que sé. Quizá sea cuestión de semántica, y soy yo el que se ha imaginado la actitud que has demostrado todo este tiempo, asumiendo que eras el jefe de proyecto.

Esa última frase fue el colmo. Ganó el desconcierto y me quedé paralizado.

– No me malinterpretes – continuó Rai – eso no me molestó, pero no debimos dejarlo ir a más. El problema ha llegado cuando te has creído que puedes hacer lo que te dé la gana, tomando decisiones que ni entiendes ni te incumben.

No sabía bien cómo continuar sin agarrarle de los cuellos de la camisa. Si era una broma, era de muy mal gusto, y si hablaba en serio estaba ante un auténtico lunático. Me di cuenta de que me había levantado de la silla y volví a sentarme, forzando la calma. Rai me miraba ligeramente desafiante, sin desviar la vista durante el incómodo silencio que siguió.

– Soy parte del proyecto, Rai. Soy quizá la persona más comprometida que puedas encontrar en este puto edificio – apenas podía contenerme.

Me odié por lo que dije a continuación; fue como echar un cubo de carnada para espantar a los tiburones.

– Este proyecto ha resucitado gracias a mí. Estaba completamente muerto hasta que me lo dejasteis para que le diera un repaso – no debí decir eso, joder.

¿Lo peor de todo? Fue una liberación; me sentí completamente libre al poder hablar claro, directo y conciso. Quizá hubiera añadido unos cuantos tacos a la frase, pero me quedé nuevo. Tanto tiempo de morderme la lengua y por fin, por una vez, no recorté ni refraseé lo que quería decir. Salió puro y con denominación de origen, lo cual no quitó que el silencio siguiente se me hiciera bien largo.

— Jano, voy a dejar pasar esto y a zanjar la discusión aquí mismo. En cuanto a tus condiciones, creo que aún no has aprendido lo suficiente como para incluirte como miembro de pleno derecho al equipo de diseño. Tu contrato, como sabes, venció hace un mes y fue renovado automáticamente por un año más. Aprovéchalo para observar y aprender bien cómo se desenvuelve un auténtico profesional de la arquitectura, y ya iremos viendo.

El baileteo de las sílabas iba y venía, pero la mirada la tenía firme y completamente clavada en mí. Ya no parecía un borracho; hasta pude captar un deje de deleite en el tono de voz. Hijo de puta. No sabía qué decir; me ardía la cara y tenía las manos apoyadas rígidamente sobre las piernas.

— Así me gusta. Dando por hecho que el envío de documentación fue correcto, es imperativo que en Weiss reciban una maqueta de todo el complejo Lido, para dar el golpe final a la entrega. Me da igual cómo lo hagas, mientras quede bien y pueda salir mañana a primera hora. De hecho, el mensajero vendrá a buscarla a las ocho en punto de la mañana. Así que... a volar.

Fue algo extraño. No sabía ya muy bien si el champán había hecho que se me fuera la cabeza y en realidad seguía en la escalera. Me habría tambaleado y golpeado la cabeza con uno de los salientes de las vigas, y todo esto lo estaba flipando tendido en la moqueta gris.

Recuerdo asentir a la vez que Rai me daba indicaciones de escala y disposición sobre un papel que había sacado. Todo lo que pintarrajeaba no tenía mucho sentido, pero asentí igualmente. Hasta se salió del mismo y pintó la mesa un par de veces, dándome mucha pena. Pena por estar a los mandos de semejante despojo.

La puerta del despacho se abrió, llenando de risas y voces la estancia. Astrid, Jose Antonio y Satur entraron con una botella en mano y exigieron ruidosamente unas palabras del capitán ante toda la tripulación. Estaban bastante chuzos.

Rai cambió por completo su comportamiento, uniéndose a las risas y levantándose. Con una mano señaló casi imperceptiblemente el boceto, indicándome que me pusiera al lío. Cogí el papel, me levanté y me fui, ignorando la algarabía. Ninguno de ellos se dirigió a mí o me miró mientras salía del despacho.

CAPÍTULO XXI

Llegué a mi puesto, rasgué el croquis y lo tiré a la basura. Encendí el ordenador, y mientras arrancaba, saqué una hoja en sucio e hice unos cuantos cálculos; la maqueta del complejo entero tendría un tamaño aceptable a una escala de 1:50.

Notaba las manos y piernas temblorosas, y mi agarre del bolígrafo no era del todo firme. Todo esto me había pasado por confiarme, y peor aun sabiendo desde el minuto cero de qué pie cojeaban los piratas éstos. Veía las cosas borrosas e intuía los inicios de un respetable dolor de cabeza.

No sé si alguna vez has sentido algo similar, y realmente no se lo deseo a mucha gente. En ese momento parecía hallarme en un sueño, pero no de manera agradable. Veía las paredes y muebles de la quinta planta del estudio, veía mi sitio, mis cosas, las notas que me había dejado a mí mismo, el sitio de Balle limpio y pulcro, la pantalla de mi ordenador con el logo de Sovereign de fondo... Lo conocía todo, pero parecía que perteneciera a otra época, o a otro universo. Era desagradable.

Inicié sesión en mi equipo y arranqué el 3DGutenberg. Las notificaciones automáticas empezaron a llegar, recordándome el seguimiento de las tareas de rediseño del Lido, completamente obsoletas. Obsoletas como mi respeto por aquél lugar.

Me sentía un completo gilipollas. Pues claro que estaba fuera del proyecto; algo dentro de mí lo empezó a sospechar hacía tiempo, pero había sido enterrado bajo una avalancha de orgullo y entusiasmo. Ignoré señales tan obvias como la barrera y las luces de un paso a nivel, poniéndome delante del tren.

Me puse rabiosamente rojo, hasta las orejas, recordando detalles que había decidido pasar por alto, como el sutil distanciamiento de Astrid y Rai hacia la mitad del rediseño, o cómo en todas las reuniones era alguno de ellos el que indicaba los trabajos y tareas por hacer. Yo nunca había interactuado directamente con los jefes de equipo, o al menos en mi nombre. Las comunicaciones eran en nombre de Rai o de algún directivo, aunque fueran iniciativa mía. Yo solito había estado cumpliendo todo lo que se esperaba de un buen becario.

El programa arrancó rápido, mostrándome una reproducción virtual de la superficie de impresión. Abrí nuevo proyecto y seleccioné la segunda impresora, teniendo las dos abiertas simultáneamente. Mi intención era imprimir una mitad de la maqueta en cada una, para librarme de todo aquello cuanto antes. Se las dejaría a Rai encima de la mesa y que las enviara él como entendiera, si es que era capaz.

Se habían aprovechado de mi inexperiencia para ordeñarme y venderlo como suyo, guardándome en el establo al final de cada jornada. Las actas evidenciaban que no querían ningún rastro de mi participación en el proyecto; todo el éxito iría para ellos. Y yo no había pillado ni media, emocionado como había estado de poder trabajar, por una vez, en algo real.

La puerta del despacho de Rai se abrió de golpe, vomitando a la alegre y borracha comitiva. Tiraron la botella en la papelera del coffee corner a la que se dirigían al ascensor, ignorando por completo la señal de reciclaje puesta encima. La botella había sido exitosamente empleada para catalizar otro discurso triunfalista por parte de Rai. Los de la cocina lo recibirían con vítores.

El rumor del ascensor se fue apagando, dejándome solo en la quinta planta. Estaba de nuevo en la casilla de salida, en la misma situación que el día que elegí fugazmente marcharme de Sovereign. No podía aceptar un trato así, me habían tomado por imbécil. Sopesé tomar acciones legales, sintiéndome más perdido aún. No sabía a quién recurrir.

Me obligué a centrarme en la maqueta, como había hecho tantas veces desde que entré. Seleccioné los archivos .stl de modelado, adaptándolos con cuidado para que se pudieran desmoldear bien. Decidí incluir respectivamente unos resaltos y unos huecos respectivamente, para poder encajar las dos mitades.

El archivo final era magnífico y mostraba con detalle la nueva versión del Lido. Se representaban hasta las tumbonas de las piscinas, que dudaba que salieran correctamente, pero al menos lo intentaría. Una vez adaptados los archivos, los traduje a G-code y los escalé. Quedaban cuatro cosas para librarme de todo aquello.

Me levanté y me dirigí hacia el despacho. Aún tenía que comprobar físicamente los equipos, antes de iniciar la impresión. Las dos impresoras emitían un ligero zumbido, señal de que estaban encendidas y alerta. Pulsé los botones de inicialización en las pantallas LCD; los cabezales de ambas impresoras se situaron en el origen de sus ejes X e Y, listas para la acción. Verifiqué que el nivelado de ambas bases era correcto y que las boquillas de salida caliente estuvieran bien limpias y despejadas. Todo estaba en orden.

Se me cruzó la idea de llamar a Balle y contarle la última, para desecharla enseguida. Con mi distanciamiento de las últimas semanas no creía que estuviera en posición de contarle nada, y estaría muy ocupado con todo lo del niño. Sólo sentía un vacío enorme dentro de mí; no sabía por dónde tirar. Sacudí la cabeza y me apresuré en acabar las maquetas para salir de allí lo antes posible. Emplearía el tiempo de la impresión en redactar mi carta de renuncia y se lo dejaría todo encima de la mesa a Rai. A tomar por culo ya.

Volví a mi sitio y pulsé el comando de inicio, dándome de bruces con una ventana de advertencia. No había material suficiente para la impresión deseada en la impresora #1, ¿deseaba continuar? Mierda. No había comprobado las bobinas.

Me levanté de nuevo, asqueado, y fui a los armarios donde se guardaba el material de oficina. Ahí se podía encontrar de todo, desde folios hasta escuadras y rotuladores para planos; estaba bajo llave, y se suponía que había que registrar la retirada de material. Rompí el absurdo candado y rebusqué sin miramientos, hasta localizar las bobinas de termoplástico.

Nadie más se había molestado en aprender cómo usar las impresoras, o un mínimo de su funcionamiento. Por activa y por pasiva especifiqué claramente en las compras que había que encargar plástico PLA, pero les dio exactamente igual. Estaba sujetando una enorme bobina de termoplástico ABS, mucho más caro, resistente y no reciclable. Las bobinas de PLA eran más baratas y cumplían sobradamente con su misión, pero claro, por qué escuchar. Otro despilfarro absurdo. Otro paso más hacia la bancarrota. Otra muestra de incompetencia.

Agarré dos bobinas de ABS y volví al despacho de Rai. Con una hubiera bastado, pero decidí recargar las dos impresoras y olvidarme del asunto. La necesidad de salir de allí era cada vez más imperante. Coloqué las bobinas en su soporte, cortando la punta del filamento de cada una. En la pantalla LCD indiqué "Extraer", haciendo que la cabeza extrusora de cada máquina se calentara y expulsara los restos del material anterior. Introduje el filamento nuevo con cuidado, lo fijé bien y pulsé "Cargar". Observé pacientemente cómo las máquinas extruían líneas de prueba sin problema; ahora sí que estaba todo listo.

Por lo que recordaba de los manuales, estas impresoras admitían sin problema cualquiera de los dos materiales. En su momento me incliné por el PLA al ser más barato y reutilizable, y nada más. Me aseguré una vez más de que estaba todo listo y volví a mi puesto, pero no pude sentarme. A pesar de todo, le había cogido cariño a mi mesa. Estaba todo ordenado, tal y como yo quería, con el material técnico al alcance, bien categorizado, los manuales de norma y los catálogos al alcance, el soporte del monitor bien colocado... No podía sentarme ahí. Ya no iba a ser más ese idiota cumplidor a cambio de nada.

Apagué mi lámpara, desenchufé mi ordenador y me lo llevé al puesto de enfrente, algo más oculto y alejado de los despachos. Era un puesto vacante, sin personalizar; no tenía monitor de apoyo, la silla era de las antiguas y no tenía nada de acogedor, pero lo prefería. Mi paso por Sovereign terminaría como había empezado: sintiéndome un completo extraño.

Mi cabeza no paraba de darle vueltas a todo lo sucedido, revisando cada evento, cada gesto y cada conversación. Y no sólo de ese día, que ya daba para unas horas, si no del último mes. Era una tortura comprobar lo ciego que había estado, el modo en que me habían estado utilizando, pero no podía pararlo.

Abrí el navegador y entré en la página web del fabricante de las impresoras, verificando que podían emplear plástico ABS sin problema. Una parte de mí quería pasar, casi deseando que el material no fuera compatible y se cargara los caros equipos, pero por otro lado necesitaba sentirme normal, haciendo mi último trabajo para Sovereign con rigor. No quería rebajarme al nivel de esas hienas.

Las puertas del ascensor se abrieron y oí pasos vacilantes acercándose. Me asomé con cautela para ver a Rai y a Astrid, claramente borrachos, acercándose al despacho. Estaban susurrándose y muy agarrados, ajenos al hecho de que no estaban en un lugar privado; incluso se paraban a darse besos exageradamente profundos, repugnantes. Si se habían comportado así abajo en la fiesta, habrían confirmado todos los rumores generados durante años.

Qué espectáculo. No atinaban a caminar en línea recta, y estaban metiéndose mano sin ningún pudor. El pelo de Astrid, normalmente recogido con pulcritud, estaba deshecho. No pude visualizar el cubrecalvas de Rai, aunque imaginé que no estaría en mucho mejor estado. A saber de qué modo habrían mancillado el ascensor.

Se metieron en el despacho de Rai ruidosamente, cerrando la puerta de cristal con fuerza. Desde mi nuevo sitio no se veía bien. Di gracias a todo el que me escuchara por haberme cambiado de sitio; desde allí habría tenido una panorámica inolvidable. Escuché cómo bajaban las persianas de los ventanales con brusquedad, buscando ansiosamente un rincón privado. Qué grima, joder.

Oí a Astrid reír, señal para cerrar cuanto antes la impresión de la maqueta y largarme. Mi carta de renuncia al final sería un correo electrónico y santas pascuas.

Estaba tan asqueado que no sabía ni qué estaba mirando. Ah, la compatibilidad del ABS con las máquinas. Escaneé rápido la lista de modelos del fabricante, encontré el adecuado y lo verifiqué; sin problema alguno. En la lista de "Termoplásticos admitidos" había decenas de materiales, pero el único marcado con un asterisco era el ABS.

Extrañado, pulsé encima y salió una ventana informativa amarilla, con el símbolo de advertencia: "La impresión con termoplástico ABS emite partículas tóxicas para el ser humano. Asegúrese de emplearlo en impresoras de cámara cerrada, o en su defecto, en estancias bien ventiladas".

La ventana explicaba detalladamente cómo el acrilonitrito, butadieno y estireno, los componentes del ABS, estaban clasificados como materiales tóxicos, sobretodo el primero. En su combustión emitía gases de cianuro, sustancia letal en concentraciones bajas.

Cerré la ventana de golpe. Los idiotas estos habían comprado materiales industriales peligrosos, despilfarrando dinero y arriesgando el cuello de toda la planta. No podía creer que, días antes, me viera como una pieza indispensable de este equipo. Me merecía algo mejor, un sitio donde respetaran de verdad los principios del oficio, de aquello por lo que había nacido y había dejado mucho atrás.

Abrí de nuevo el 3DGutenberg. Todo estaba listo para imprimir.

Esa panda de desalmados estaba corrompida por la ambición y la avaricia. Sovereign quizá fue un faro para todos los que realmente entendemos lo embebida que está la arquitectura en la sociedad, permitiendo que las personas puedan vivir de manera civilizada, fundando la propia civilización, pero no, hoy en día ya no. Sovereign se había transformado en una máquina de hacer dinero, bastante mala por cierto. Qué ciego había estado todo este tiempo, joder.

Abrí el selector de relleno de la estructura. Lo normal era indicar un 20% aproximadamente, de modo que la maqueta tuviera algo de resistencia para imprimir los detalles de la superficie con definición. Seleccioné el 100%, ignorando la advertencia de los tiempos de impresión y cantidades de material estimados. Más que imprimir, más ABS que calentar, más gases nocivos emitidos.

El corazón se me había acelerado ligeramente, pero esta vez sin angustia. El despacho estaba a oscuras y no se oía absolutamente nada. Notaba una gran calma dentro de mí, lo cual era extraño, ya que seguía reviviendo los grandes momentos de mi paso por Sovereign. La entrevista, la alegría, la esperanza, el duro golpe contra la realidad. El renovado entusiasmo, la humillación, la ira. Tenía claro lo que iba a hacer.

Pulsé el icono verde "Iniciar impresión". Sí, estaba seguro de que quería continuar. Se escuchó el leve zumbido de los cabezales situándose en sus respectivos puntos de inicio, para luego dar lugar al golpeteo continuo de cada pasada. La maqueta estaba en marcha. Esperé diez minutos, y nadie salió del despacho, ni se intuyó movimiento. Esperé otros diez, y todo seguía igual. Las dos impresoras seguían con su trabajo sin problema.

Me tomé mi tiempo en redactar la carta de dimisión, haciéndola formal, educada, neutra. Revisé mis cosas mientras echaba alguna mirada a los ventanales tapados del despacho, sin novedad. Envié la carta con copia a Astrid y cerré mi portátil, dejándolo en su sitio original. La aplicación de impresión se seguiría ejecutando sin problema en segundo plano.

Me pareció oír una leve tos. Me paré, agudizando el oído. No había sido nada. Todo seguía su curso.

Recogí mis cosas, llevándome algún recuerdo absurdo, en suma casi nada. Di una vuelta por toda la planta, acompasando mis pasos con el zumbido de cada pasada de los cabezales, admirándola detenidamente por última vez. Tuve que admitir que se oía bastante, aunque en ese momento concreto me pareció un ritmo agradable.

Según el reloj del ordenador habían pasado ya cuarenta minutos. Según el programa, aún faltaban otras cuatro horas para terminar con el trabajo completo.

Recogí mis bártulos y me dirigí al ascensor. La fiesta debía seguir en la planta de abajo; confiaba en no encontrarme con nadie. El ascensor llegó, recibiéndome con su alegre campanilla digital. Las puertas se abrieron y entré, dándome la vuelta para marcar la planta baja.

El despacho seguía completamente a oscuras e inerte, sin evidencia de vida.

FIN

Madrid, 29 de mayo de 2020.

Printed in Great Britain
by Amazon

47760183R00099